Böse NachtGeschichten

Erotische SM-Geschichten von

Catherine Spanks

Erschienen im Verlag

Das Erotische Sekretariat

Auflage 1, Februar 2012

Auflage 2, November 2012

Das Erotische Sekretariat

Postfach 10 04 55
45404 Mülheim a.d. Ruhr

Internet:
http://verlag.d-e-s.de
www.facebook.com/daserotischesekretariat

ISBN 978-3943481099

Coverfoto © istockphoto.com, Vika Valter

Covergestaltung, Satz und Layout: Das Erotische Sekretariat
Lektorat: Alexandra Gentara

FSC
www.fsc.org
MIX
Papier aus verantwortungsvollen Quellen
Paper from responsible sources
FSC® C105338

Böse NachtGeschichten

Dominante Banker spielen im Büro mit ihrer Macht, eine Sklavin wird einem exklusiven SM-Club zum Geschenk gemacht und an ihre Grenzen geführt, ein falscher Weihnachtsmann sorgt für einen unvergesslichen Abend im dänischen Ferienhaus, und Madame Cassandra bildet eine unerfahrene Jung-Domina aus. Überraschende Besuche von dominanten Frauen und unerwartete Einblicke in die extravagante Erotik einer Arbeitskollegin runden die erotischen Stories ab.

Catherine Spanks' SM-Geschichten sind fantasiereich und hinterlassen Spuren auf und unter der Haut. Hier dominieren einfühlsame Herren und starke Frauen statt roher Gewalt.

Eine sinnliche Pralinenschachtel voller zartherber Überraschungen!

Personen und Handlungen sind frei erfunden, Ähnlichkeiten mit lebenden oder verstorbenen Personen sind rein zufällig und unbeabsichtigt.

Fantasiefiguren können darauf verzichten, im normalen Leben sollte aber gelten: Safer Sex!

Inhalt

Der Banker

Karen Miller saß vor ihm wie eine Puppe, die Hände brav auf dem Schoß gefaltet und die Füße sittsam nebeneinander aufgestellt. Die Augen der jungen Frau glänzten verdächtig. Martin Hughes lehnte sich in seinem überdimensionalen Bürostuhl zurück und versuchte krampfhaft, ein Grinsen zu unterdrücken.

Jetzt hatte er sie. Seine Hände wurden schon feucht vor Aufregung, aber er widerstand dem Impuls, mit der Tür ins Haus zu fallen und sie sofort mit seiner Idee zu konfrontieren. Immer mit der Ruhe.

»Ms Miller, ich bin mir sicher, dass wir eine Lösung finden«, sagte er mit sonorer Stimme und genoss die großen, ängstlichen Augen, die auf ihm ruhten.

»Es wird allerdings ein wenig dauern, und wir müssen wirklich sehen, dass wir Ihre Bilanz bis dahin auf Vordermann bringen. Im Moment kann ich leider nichts für Sie tun, Ihre Zahlen sprechen einfach dagegen. Mir sind die Hände gebunden.«

Sie schniefte und fummelte eine entfallene Strähne in die goldene Haarspange zurück. »Ja, ich weiß«, flüsterte sie. Ihre überdeutliche Unterwürfigkeit erregte ihn mehr, als ihm gerade recht sein konnte. Ein Blick auf die Uhr, die über der Bürotür hing, entspannte ihn jedoch.

Es war bereits kurz vor fünf, und die Kollegen würden in wenigen Minuten wie die Lemminge das hässliche, graue Bankgebäude verlassen und nach Hause strömen. Draußen schien die Sonne, die Luft in der Stadt glich der in einem Treibhaus. Wer es sich leisten konnte und ein Häuschen in der Vorstadt besaß, wollte die letzten Sonnenstunden in seinem Garten genießen und dem Smog entkommen, der in der Rush Hour die ganze Stadt vernebelte.

Martin Hughes hatte Zeit. Und Ms Miller würde sich Zeit für ihn nehmen, daran gab es keinen Zweifel.

»Es ist nur ... wenn ich den Kredit nicht bekomme, muss ich den Laden schließen«, fuhr sie fort und leckte sich nervös über die Lippen. Ticktack. Der Sekundenzeiger der großen Uhr schlich dahin. *Nur noch ein paar Minuten*, dachte er, *dann ist sie fällig*. Er lächelte.

»Das ist mir bekannt, Ms Miller. Es wird eine harte Zeit werden, aber ich bin mir sicher, dass wir eine Lösung finden für Ihr Problem.«

Er war glücklich über seinen neuen Job als Firmenkundenbetreuer. Unter den Einzelhändlern, die gern auf die Regionalbank zurückgriffen, tummelten sich unheimlich viele Frauen, die mit kleinen Boutiquen ihren Lebensunterhalt verdienten. Die Wirtschaftskrise hatte besonders ihnen arg zugesetzt, und sein Job war es, möglichst viele der investierten Kredite zu retten und Insolvenzen zu verhindern.

Allerdings hatte sich rasch gezeigt, dass er hier Macht ausüben konnte – er bestimmte über das Wohlergehen, über Gedeih und Verderb der Selbstständigen. Auf die Gelegenheit mit Karen hatte er nun seit Monaten gewartet, aber er blieb geduldig. Er wusste, dass auch sie eines Tages vor ihm auf dem Boden kriechen würde, denn die Zukunft ihrer Modeboutique in der Clarens Street hing von ihm ab.

Ihre Bilanz für das letzte Geschäftsjahr war schlecht, sie hatte kaum genug Geld verdient, um von dem Geschäft leben zu können und benötigte dringend eine Finanzierung, um die Krise zu überleben. Die Hoffnung auf die nächste Konjunktur war groß, nicht nur bei ihr. Martin hatte all seine Trümpfe ausgespielt und ihr die Defizite in ihren Unterlagen schmerzhaft unter die Nase gerieben, bis sie in Tränen ausgebrochen war . Nun saß sie vor ihm wie vor einem Gott, dem Gott der Selbstständigen.

Der Minutenzeiger schob sich quälend langsam auf die Zwölf zu. Martin stand auf, um die Tür zum Nachbarbüro zu öffnen. Seine Kollegin stopfte gerade ein paar Akten in eine große Tasche und drehte sich zu ihm um.

»Ich geh' nach Hause«, sagte sie lächelnd. »Nehme mir ein bisschen Arbeit mit und mache den Rest in der Sonne. Bleib nicht mehr so lange! Du solltest dein Privatleben nicht so sträflich vernachlässigen.« Sie wackelte fröhlich mit dem Zeigefinger und lachte. Martin schüttelte den Kopf und deutete nach hinten.

»Ich hab noch Besuch, aber wir sind bald fertig, dann kann ich auch gehen.«

»Bis morgen«, sagte sie und verschwand durch die graue Resopaltür.

Um drei Minuten vor fünf kehrte Martin in sein Büro zurück und schloss die Tür hinter sich. Karen Miller drehte sich auf ihrem Stuhl zu ihm herum, sie sah ihn mit traurigen, aber doch hoffnungsvollen Augen an.

Sie war ein perfektes Opfer. Alles an ihr schrie danach, von ihm benutzt zu werden, und er war sicher, dass sie viel Spaß daran haben würde. Schließlich hörte er oft genug, dass er nicht unattraktiv war, nicht nur von weiblichen Kundinnen. Er vereinte offenbar genau die richtige Mischung aus Dominanz und Mitgefühl in sich, die auf die Damenwelt unwiderstehlich wirkte. Zumindest auf einige Damen.

»Karen«, sagte er, und sie zuckte zusammen, als habe sie sich an etwas verbrannt. »Sie sind eine attraktive Frau, es gibt vielleicht eine Möglichkeit, wie ich Ihnen helfen kann ...«

Er streckte seine Hände hinter dem Rücken aus und drehte mit einer raschen Bewegung den Schlüssel in der Tür um. Das Geräusch jagte ihr offenbar Angst ein, denn sie stand nun etwas hektisch von ihrem Stuhl auf und tastete nach ihrer Handtasche, die über der Stuhllehne hing.

»Was ... was meinen Sie?«, stammelte sie, und er genoss ihre Unbeholfenheit, ihre Ängstlichkeit und das Glitzern in ihren Augen. Die zitternde Unterlippe verriet, dass sie sehr wohl wusste, was er meinte. Schließlich hatte sie sich bestimmt nicht grundlos so zurechtgemacht für ihren Termin.

Sie trug einen engen, schwarzen Pullover ohne Ärmel, der die Form ihrer kleinen Brüste betonte, zu einem grauen Rock, der kurz über ihrem Knie endete und die nackte Haut ihrer Beine entblößte. Die Pumps mit dem schmalen Absatz betonten ihre Waden, sie waren schlank, aber durchaus muskulös, offenbar trieb sie Sport. Sie war geschminkt, die Lippen glänzten in zartem Rosa, das perfekt mit ihren dunkelblauen, großen Augen harmonierte, und die vorwitzige Zahnlücke zwischen den Vorderzähnen ließ sie neugierig und etwas mädchenhaft wirken.

Sie war gut zehn Jahre jünger als er, gerade dreißig, trotzdem war sie selbstbewusst und dynamisch gewesen bei ihrer ersten Begegnung, eine ehrgeizige Geschäftsfrau. Unter all der vorgeschobenen Stärke hatte er jedoch rasch ihre tatsächliche Neigung erkannt, und vom ersten Tag an war ihm klar gewesen, dass er sie irgendwann kriegen würde.

Langsam ging er auf sie zu, beide Hände vor sich ausgestreckt, um ihr zu signalisieren, dass keine Gefahr von ihm ausginge.

»Karen«, sagte er wieder, dann legte er die Arme um ihre Schultern und drückte sie kurz an sich. Er spürte, wie ihr Herz in der Brust raste, sie zitterte leicht, wie ein Blatt im Wind. Sofort schoss das Blut in seinen Unterleib, sein Schwanz wurde hart.

Martin schob sich enger an sie heran, damit sie ihn spüren konnte, und drückte das Gesicht erst in ihre Haare, dann gegen ihren Hals. Sie roch nach Aprikose und Veilchen, letzteres kam wohl von dem mädchenhaften Parfüm, das sie aufgelegt hatte.

Der Duft erinnerte ihn an seine Jugend, an fröhliche Sommerabende im Ferienlager, in dem er seine erste Liebe getroffen und seine ersten vorsichtigen Annäherungsversuche gewagt hatte. Er war schüchtern gewesen damals, und sie war unerfahren und hatte ihn mit sich machen lassen, was er wollte. Die Tatsache, dass sie unbeweglich und steif vor ihm lag und atemlos seine Befehle abwartete, während er sie überall anfasste, hatte ihn mehr erregt als ihr Körper, und schon bald stellte er fest, wie sehr er es genoss, Macht auszuüben.

Karen erschauerte und versuchte halbherzig, sich aus seiner Umarmung zu winden, doch der Druck seines immer härter werdenden Steifen an ihrem Oberschenkel schien sie auf eine magische Weise anzuziehen, wie ein Magnet.

»Mr Hughes«, murmelte sie gegen seine Schulter, gestattete ihm aber, mit den Lippen an ihrer Halsbeuge zu knabbern und eine Hand in ihren Nacken zu legen. Der Griff verfehlte nie seine Wirkung, er hob vorsichtig ihr Kinn, sodass er in ihre flackernden Augen sehen konnte. Dann presste er seine Lippen auf ihre, fest und unnachgiebig, und nach ein paar Sekunden lockerten sich ihre Muskeln in seinen Armen und sie erwiderte seinen Kuss.

Er löste sich von ihr und hielt sie auf Armeslänge von sich, um sie zu betrachten. Ihre Wangen waren rot und leuchteten förmlich in dem sonst recht blassen Gesicht. Die Unterlippe zitterte, ihre Lider flatterten nervös.

»Sie sind ein scheues Reh, Karen«, sagte er. »Aber aus Erfahrung weiß ich, dass doch gerade die stillen Wasser zum Tauchen verlocken. Wenn Sie mir ein wenig entgegenkommen, kann ich Ihnen vielleicht helfen bei Ihrem kleinen Liquiditätsproblem. Nun?«

Sie schluckte, biss sich auf die bebende Unterlippe und nickte, bevor sie die Augen auf den Teppich heftete.

»Ich sehe, wir verstehen uns«, sagte Martin Hughes ruhig. Nun gab es keinen Grund mehr, das Grinsen zu unterdrücken, das sich schon die ganze Zeit auf seinem

Gesicht ausbreiten wollte.

»Ich werde dich Karen nennen, aber ich möchte, dass du mich weiter Mr Hughes nennst««, sagte er in scharfem Ton. Sie nickte wieder und starrte noch immer auf den Boden.

»Sieh mich an, wenn ich mit dir rede!«, donnerte er plötzlich los. Sie fuhr wie von einem Schlag getroffen zusammen und riss die Augen noch weiter auf.

Die blaue Iris verdunkelte sich und glänzte von plötzlicher Feuchtigkeit, der Anblick rührte und erregte ihn zugleich.

Sein Schwanz juckte und drängte gegen seine Hose, die sich im Schritt sichtbar ausbeulte.

»Du redest nur, wenn ich es dir erlaube, und beantwortest nur meine Fragen. Verstanden?«

Wieder nickte sie. Die Handtasche glitt ihr aus der Hand und fiel auf den Teppich. Er ging um sie herum und setzte sich auf den großen Stuhl hinter seinem Schreibtisch.

»Nun, ich habe einige – nennen wir es Vorlieben«, sagte er und stellte die Beine auseinander. Das entlastete seinen immer dicker werdenden Schwanz und wirkte hoffentlich dominant genug. Er wollte keinen Hehl aus seiner Neigung machen, inzwischen dürfte sie aber erkannt haben, worum es ihm hier ging.

Karen blieb unschlüssig mitten im Raum stehen, ihr Blick wanderte fahrig durch den Raum, als wollte sie ihn nach verdächtigen Utensilien absuchen.

»Zieh dich aus«, ordnete er rundheraus an und verschränkte die Arme in seinem Nacken, während sie mit zitternden Fingern begann, aus ihren Kleidern zu schlüpfen.

Sie zog den Pullover hastig über den Kopf, dann griff sie an ihren Rücken, um den BH zu öffnen, der auf den Boden plumpste. Sie nestelte den Reißverschluss am Rock auf und ließ ihn von den Hüften rutschen. Nur beim

Höschen zögerte sie, bis er nickte und sagte: »Das auch!«

Das schwarze, schlichte Panty fiel, Martin beugte sich vor, um sie genauer zu betrachten.

Dieser Moment war der Beste. Keine Pussy war wie die andere, er malte sich schon vorher immer detailliert aus, welche Art ihn erwarten würde, und er hatte den ganzen Tag über Karens Spalte nachgedacht. Sie war großartig – ein feiner, blonder Flaum zierte ihren Venushügel, der Rest war ordentlich rasiert, feine innere Lippen wurden von den fleischigeren äußeren umarmt. Er lachte triumphierend.

»Setz dich hier auf den Schreibtisch«, bestimmte er. »Die Schuhe sollst du anlassen.«

Vorsichtig und langsam näherte sie sich ihm und nahm vor ihm auf der Tischplatte Platz.

Martin schob mit dem Arm einige Unterlagen zur Seite, ihre Unterlagen, und drehte sie mit beiden Händen an ihrer Hüfte zu sich um.

»Spreiz die Beine«, sagte er dann mit fester Stimme. Sie gehorchte und öffnete ihren Schoß, damit er sie noch genauer in Augenschein nehmen konnte.

»Sehr schön«, sagte er und nickte zufrieden. Die fleischigen Mösenlippen lagen wie eine noch verschlossene Blüte vor ihm. Er beschloss, sie aufzublättern und einen tieferen Blick zu riskieren. Karen seufzte, als er mit beiden Händen die Labien teilte und ihre Öffnung freilegte.

»Schämst du dich etwa vor mir?«, fragte Martin, und sie sah ihn etwas unschlüssig an, scheinbar dachte sie darüber nach, welche Antwort er von ihr erwartete. Endlich nickte sie stumm, er gab ihr mit einem Grinsen zu verstehen, dass sie seine Erwartung damit erfüllt hatte.

»Fass dich an«, befahl er ihr. Seine Hose spannte schon gewaltig im Schritt, doch er wollte die Situation noch lange genießen, bevor er ihr gestatten würde, seine Erektion zu sehen. Nicht nur sein Körperbau war groß und kräftig, sein Schwanz konnte sich auch durchaus sehen lassen, zumindest hatte sich bisher noch keine Frau bei ihm beklagt.

Er hatte lange von diesem Moment geträumt, dem ersten Blick auf seinen Schwanz und ihre Reaktion darauf. Aber noch blieb er geduldig.

Karen zögerte und klimperte mit den Lidern. Der blaue Lidschatten glitzerte im Licht, er würde ihn später abwischen, weil die Farbe nicht mit dem Blau ihrer Augen harmonierte.

»Na los«, ermunterte er sie und fuhr mit der Hand über seinen Schritt, um ihren Blick auf seine Härte zu lenken, die sich ja inzwischen deutlich darunter abzeichnete.

Sie sog scharf die Luft durch die Zähne ein, er stellte erfreut fest, dass ihre Möse schmatzte, als sie mit den Fingern vorsichtig hineinfuhr. Offenbar war sie schon erregt, was er natürlich nicht anders erwartet hatte. Dass er hier in der Bank so leichtes Spiel hatte mit seinem Opfer, tat seiner Freude daran keinen Abbruch. Sein Puls beschleunigte sich, aber er ließ sich die eigene Aufregung nicht anmerken. Karen war wirklich etwas Besonderes, eine Schönheit. Es war ein kleines Wunder, dass sie nun so vor ihm saß, mit den Fingern in ihrer Pussy, während er ihr in die Augen sah.

»Tiefer«, sagte er leise und beugte sich wieder vor, um genau sehen zu können, wie ihr Mittelfinger in die Spalte glitt. Sie biss sich auf die Unterlippe und bemühte sich, ungerührt zu wirken, aber er sah die Lust in ihren Augen funkeln, während ihr Finger immer schneller in sie hineinstieß.

»Willst du, dass ich dich ficke?«, fragte Martin und wartete neugierig auf ihre Reaktion. Sie zögerte wieder, dann nickte sie, und er zweifelte keine Sekunde lang an ihrer stummen Aussage. Vielleicht hoffte sie, die Sache damit zu beschleunigen, aber das lag ganz und gar nicht in seinem Interesse. Im Gegenteil.

»Noch sind wir nicht so weit, Karen«, sagte er und stand auf, um sich ihr zu nähern. Ihr Oberkörper wich unwillkürlich ein Stück zurück, doch ihre Schenkel spreizten sich instinktiv und bewiesen einmal mehr, dass er Recht hatte mit seiner Einschätzung ihrer Lust auf ihn. Ihr nackter Hintern schien auf dem Holz des antiken Schreibtisches, der seinem Büro eine Aura der Macht verlieh, festzukleben.

Mit einer Hand griff er zielsicher zwischen ihre Beine und versenkte prüfend einen Finger in ihr. Sie war tatsächlich feucht, und wie!

»Das macht dir wohl Spaß, du kleines Luder?«, fragte er. Sein Gesicht war so dicht an ihrem, dass er den metallischen Atem riechen konnte. Der Mädchenduft des Veilchens kitzelte erneut seine Nase und entzückte ihn. Heute war sein absoluter Glückstag!

Er legte seinen Mund an ihr Ohr und atmete tief und lang gezogen in ihre Muschel. Er spürte, wie sich ihr nackter Körper ängstlich zusammenzog, und als er mit der Hand an ihre kleine, kirschrote Brustwarze griff, merkte er, wie hart diese schon geworden war.

»Du bist offenbar naturgeil«, sagte er. »»Ich hätte allerdings nicht gedacht, dass du dich mir so bereitwillig unterwerfen würdest. Stehst du sonst auch auf solche Spielchen?« Er hob ihr Kinn an, sodass sie seinem Blick nicht ausweichen konnte.

Karen schluckte deutlich sichtbar und nickte erneut.

»Sprich mit mir«, herrschte er sie an und umklammerte ihr Kinn fester mit der Hand.

»Ja, Mr Hughes«, sagte sie, der zarte Ton ihrer Stimme erregte ihn zusätzlich. Nichts hatte sie mehr gemein mit der seriösen Geschäftsfrau, als die sie noch vor einer Stunde sein Büro betreten hatte. Er ließ seine Augen über ihre kleinen Brüste schweifen und kniff so fest in den linken Nippel, bis sie leise aufschrie.

»So so«, sagte er und setzte sich wieder auf seinen

Stuhl zurück, dessen Sitz dynamisch unter ihm wippte. Sein Schwanz drängte sich jetzt so energisch gegen den Stoff, dass er um seine Hose fürchtete und wie zur Beruhigung seine Hand auf den Schritt legen musste.

»Du bist also ein kleines, unterwürfiges Luder. Das habe ich mir gleich gedacht.« Selten täuschte er sich in einer Frau, und bei Karen war es ihm sofort klar gewesen. Mit ihrem gespielten Selbstbewusstsein hatte sie ihn nicht täuschen kann. Was nützten ein schickes Kostüm und eine elegante Frisur, wenn die Augen so lüstern glänzten wie ihre, wenn sie zu rufen schien »*Nimm mich*«? Und steckte nicht insgeheim in jeder noch so selbstbewussten Frau auch eine Sklavin, die sich nach einer starken Hand sehnte?

»Knie dich hin«, befahl er und rollte mit dem Stuhl ein Stück nach hinten, bis er mit dem Rücken zu dem großen Fenster saß, um Platz auf dem Boden vor sich zu schaffen. Sie kletterte umständlich vom Schreibtisch und kniete sich vor seine Füße, zwischen seinen Stuhl und den Tisch.

»Du brauchst etwas von mir, Karen«, sagte er und zeigte ihr seine feucht glänzenden Handflächen. »Ich bin mir sicher, dass ich dir geben kann, was du verlangst. Bist du dir sicher?«

Sie nickte stumm und kniff die Augen zu, bevor sie den Kopf senkte und wie ein Hund auf allen Vieren vor ihm hocken blieb. Natürlich ahnte sie, was nun kam, und sie machte nicht den Eindruck, als habe sie etwas dagegen. Im Gegenteil. Ihr Hintern schien schon zu zittern vor Freude.

Also hob Martin Hughes die Hand und ließ sie knallend auf ihren festen Pobacken aufprallen. Es klatschte laut, als er ihre Haut traf, aber sie zuckte nur kurz zusammen, ohne sich weitere Reaktionen abringen zu lassen. Offenbar wollte sie die Tapfere spielen. Na gut, es sollte ihm recht sein, er würde sie schon noch zum Schreien bringen heute.

»Gefällt dir das?«, fragte er und schlug noch einmal

zu. Seine Hand hinterließ rote Abdrücke auf ihrer hellen Haut, er erfreute sich an der Form seiner eigenen Finger auf ihrem Hintern.

»Ja, Mr Hughes«, antwortete sie, schwer atmend, er sah, wie sie den Po anspannte, auf den nächsten Hieb wartend. Er strapazierte ihre Ungeduld nicht länger und gönnte ihr erneut seine Hand.

Voller Entzücken schlug er zu und bemalte beide Pobacken mit seinen Fingern, die sich darauf abzeichneten, bis er zufrieden war mit seinem Kunstwerk. Die Macht über die zierliche Frau vor ihm durchströmte seinen Körper, er musste nicht lange darüber nachdenken, was er noch alles mit ihr anstellen würde heute.

Im Gebäude war es still geworden, die Kollegen waren nach Hause gegangen, also würde er keine Rücksicht mehr nehmen müssen. Trotzdem wollte er auf Nummer sicher gehen, wer wusste schon, ob das Sicherheitspersonal nicht noch eine Runde durch die oberen Büroräume drehen und von ihren Schreien aufgeschreckt würde?

Aus dem Aktenschrank in der Ecke des Büros nahm er einen Knebel. Die mittlere Schublade war immer gut gefüllt mit Utensilien, der Schlüssel sorgsam verborgen und für Andere nicht zugänglich.

Karen quiekte auf, als sie das Lederband mit dem roten Gummiball in der Mitte sah, senkte aber sofort ehrfürchtig die Lider, das Zittern ihres Körpers verriet ihre Erregung.

»Komm her, mein kleines Kätzchen«, lockte er und ging in die Hocke. Sie kroch auf allen Vieren auf ihn zu, der raue Teppich scheuerte ihre Knie rot. Dann legte er den Knebel um ihren Kopf, öffnete mit zwei Fingern ihre Lippen, um den Gummiball dazwischen zu schieben, und zog den Ledergurt an ihrem Hinterkopf stramm.

Sie gab keinen Ton mehr von sich. Wieder glitt er mit einer Hand durch ihren Schritt und stellte fest, dass sie regelrecht nass war.

»Du bist ein ganz braves Kätzchen«, sagte er leise. »Ein ganz braves Kätzchen. Sicher will das kleine Kätzchen bald gefickt werden, nicht wahr? Ein wenig musst du dich noch gedulden, kleine Muschi.«

Mit diesen Worten streichelte er ihre Spalte und rieb mit dem Daumen über ihren Kitzler, der sich schon vorwitzig aufgestellt hatte und ihm erregt entgegen zu kommen schien. Aus dem Schrank holte er ein Paar Fußfesseln aus stabilem Leder, zwischen denen eine Stange befestigt war, und schlang sie um ihre Knöchel. Sorgfältig zog er die Riemen zu, bis ihre Füße annehmbar weit voneinander gespreizt waren. Anschließend legte er ihr ein Lederhalsband um den schlanken Hals, das mit Glitzersteinen überzogen war, eine lange Kette hing von einem kleinen Ring vorn herab.

Sie wartete geduldig, in ihren Augen funkelten Neugier und Lust, während sie jeden seiner Handgriffe genau beobachtete. Er verzichtete auf die Augenbinde, denn es erregte ihn, diesen unschuldigen, unterwürfigen Blick auf seinem Körper zu spüren. Sie ahnte wohl, was sie noch erwartete. Er würde sie nicht schonen.

Kurz dachte er darüber nach, ihre Hände zu fixieren, doch vorläufig wollte er es bei der Anordnung belassen.

Er löste ihre Haarspange und kraulte lobend ihren Nacken unter den langen, blonden Haaren. Ihm war, als schnurre sie tatsächlich wohlig.

»Wenn du schön brav bist, kriegst du eine Belohnung«, versprach er und legte die Haarspange um eine Brustwarze. Sie stöhnte, als er die schmale Klemme mit den Zähnchen um ihren Nippel spannte und ruckartig losließ. Sehr dekorativ, auf die Idee hätte er schon früher kommen sollen. Sie riss die Augen auf und gab gurrende Töne von sich, die er als Zustimmung wertete. Er hatte sich selten in Frauen getäuscht, und auch was Karens

Neigungen anging sollte er also Recht behalten.

Dann griff er zu seiner Reitgerte und ließ sie über ihren Po und zwischen ihre Beine gleiten. Sie zitterten leicht, vor Anstrengung oder Aufregung, das war ihm egal. In jedem Fall zeugten die zähen Tropfen, die sich aus ihrer Möse lösten und die Innenseite ihrer Schenkel hinabrannen, von ihrer Erregung.

»Mein Kätzchen«, murmelte er und atmete tief den Duft ihrer Haare ein.

»Ich bin so froh, dass wir uns gefunden haben.«

Sie gab einen erstickten Laut von sich durch den Knebel, er widerstand nur mühsam der Versuchung, sie von dem Gummiball zu befreien, damit er hören konnte, was sie ihm sagen wollte. Immerhin wäre das ein Grund gewesen, sie zu bestrafen, denn er hatte ihr ja verboten, mit ihm zu sprechen, und es juckte ihn schon in den Fingern. Doch er wollte gnädig sein und verzichtete vorerst auf das Vergnügen.

Martin setzte sich wieder und betrachtete begeistert sein Werk. Er nahm die lange Kette, die von ihrem Halsband herabfiel, und befestigte sie am Heizkörper, bis sie straff gespannt war und nur noch wenig Bewegungsfreiheit für ihren Kopf erlaubte.

Er fragte sich, wann die Position wohl ungemütlich für sie werden würde, schließlich hielt die Stange ihre Beine weit auseinander gespreizt und sie konnte zwischendurch nicht einmal zur Entlastung kurz die Knie zusammendrücken. Seine Erfahrung gab ihm jedoch Sicherheit, er würde rechtzeitig bemerken, wenn ein Zusammenbruch drohte und sie erlösen. Noch wirkte ihr Zustand äußerst stabil.

Mit der Reitgerte strich er durch ihre Spalte und betrachtete anschließend die glänzende Feuchtigkeit auf dem Stab. Er hob die Gerte zur Nase und schnupperte daran; sie roch frisch, unschuldig, nach Seife und Moschus. Später würde sie strenger riechen, das wusste er, wenn er sie erst markiert hatte mit seinem Sperma, das sich schon in seinen Hoden sammelte.

Er versenkte seine Hand von hinten zwischen ihren Beinen und neckte sie, ließ die Fingerkuppen auf ihrer Knospe tanzen, bis sie unterdrückt aufstöhnte und ihr Becken zu zucken begann. Dann hob er den Arm und hieb ohne Vorwarnung mit der Reitgerte auf ihre rechte Pobacke.

Die Gerte zischte durch die Luft und berührte Karen nur kurz, für den Bruchteil einer Sekunde. Der Schlag traf sie unvermittelt, sie stöhnte unterdrückt in ihren Knebel, und auch sein Atem ging schneller. Das Geräusch der Gerte und das Klatschen auf ihrer Haut jagten das Blut direkt in seinen Schwanz, der sich jetzt immer deutlicher regte. Aber noch war er nicht so weit. War sie nicht so weit.

Er schlug noch einige Male zu, bis ihr Hintern zitterte und Schweißperlen auf ihren Rücken traten. Erfreut fuhr Martin mit den Fingern zärtlich über die roten Striemen, die er hinterlassen hatte, sie vermischten sich mit den verblassenden Handabdrücken und malten großartige Muster. Ein Kunstwerk.

An einigen Stellen waren die Striemen ziemlich dunkel geraten, also nahm er eine Creme aus dem Schrank und tupfte vorsichtig und sorgfältig ihre Wunden damit ab. Karens Pobacken zuckten unter seinen Liebkosungen, da es ihr anscheinend gefiel, streichelte er sie zärtlich weiter, strich sanft und behutsam mit den Fingerkuppen über die gemarterte Haut hauchte Küsse darauf.

Dann schob er einen Finger in Karens Spalte und tauchte tief ein in die Nässe, in der sie nun zu baden schien. Er massierte sie sanft, bis sie aufseufzte unter dem Knebel, steckte einen zweiten Finger in sie hinein und ließ den dritten sofort folgen, weil es wider Erwarten einfach war. Sie weitete sich problemlos für ihn.

»Wie viele schaffst du, kleine Karen?«, fragte er

neckend, und als sie ein zustimmendes Stöhnen ausstieß, trieb er beinahe mühelos den vierten Finger in ihre Pussy, die sich für ihn öffnete. Er spielte mit den Fingern in ihr und spürte, wie sich ihr Muskel pochend um ihn zusammenzog. Seinen Daumen presste er gegen ihren Anus, immer wieder rieb er über den festen Ring, der ihn verschloss, bis sie sich weiter entspannte.

Dann zog er langsam die Finger in ihrer Muschi zur Faust zusammen. Sie bewegte sich nicht, gab nur stöhnende Laute von sich durch den Knebel. Er spürte den Widerstand in ihr und arbeitete sich Millimeter für Millimeter vor, bewunderte atemlos, wie sich das geheimnisvolle Loch für ihn weiter spreizte und immer größer wurde. Sie genoss die Dehnung offenbar sehr, denn der Saft strömte förmlich aus ihr heraus und lief über seinen Unterarm, während er die Faust vorsichtig in ihr hin und her bewegte.

Mit der anderen Hand griff er vorn an ihren Kitzler und rieb kreisförmig darüber, bis ihr Muskel sich um seine Hand zu pressen schien. Dann zog er Stück für Stück, quälend langsam, seine nassen Finger wieder zurück. Sein Schwanz pulsierte vor Erregung, als er das weit aufklaffende Loch vor sich sah, nachdem er auch den letzten Finger aus ihr herausgezogen hatte. Sie wimmerte leise und wand sich, konnte aber nicht fort, ihre Beine waren mit der Stange weit gespreizt und ihr Kopf noch immer mit der Kette am Heizkörper befestigt. Hilflos kniete sie vor ihm, der Anblick ihrer sehnsüchtigen Pussy ließ ihn erschauern.

Martin verteilte ihre Feuchte zwischen den Pobacken, drückte wieder gegen den engen Ring und öffnete ihn mit einem Finger. Er musste gegen einen kleinen Widerstand ankämpfen, offenbar war sie in diesem Bereich nicht gerade erfahren, das erregte ihn noch mehr. Er trieb den Finger in ihre Enge, bis sie weit genug geworden war für seinen Geschmack, dann schob er den silbrigen Knauf der Gerte von hinten zwischen ihre Pobacken, lauschte ihrem unterdrückten Jaulen, als er die Enge durchstieß, und ließ die runde Metallkugel in ihr verschwinden, bis sich der Mund ihres Anus wieder um den Stab der Gerte schloss und die Kugel in sich aufnahm.

Er zog vorsichtig am Ende der Rute, wartete auf ihre Reaktion, bevor er die Kugel wieder zum Vorschein brachte und sie sich erneut öffnen musste. Er gönnte ihr nur wenige Sekunden zum Verschnaufen, bevor er die Kugel abermals durch die schmale Öffnung zwängte, ihrem unterdrückten Aufschrei lauschend. Er musste sein Grinsen nicht unterdrücken, sie konnte ihn nicht sehen, kniete mit dem Hintern zu ihm auf dem Boden und ließ sich von ihm mit einer Knaufkugel ficken. Immer wieder schob er sie hinein und zog sie heraus, bis ihre Oberschenkel sich versteiften. Rote Flecken traten auf ihre Wangen, als er die Gerte zurücknahm und zur Seite legte. Er legte eine Hand auf ihren Kitzler und spürte das Blut darin pulsieren, offenbar war sie dem Höhepunkt nahe, ihr Puls raste durch sie hindurch.

Er sah ihre flatternden Lider, den geöffneten Mund, hörte das heftige Atmen und wusste, dass sie gerade auf einer Wolke von Endorphinen schwebte, die er ihr gönnte. Er knetete mit der Handfläche ihre Knospe, die gegen seine Lebenslinie zu pochen schien, und berauschte sich an ihrem Zustand, an seiner Macht.

»Willst du, dass ich dich jetzt ficke?«, fragte er so freundlich, als erkundige er sich nach den Öffnungszeiten ihrer Boutique. Sie nickte mit unterdrückten Lauten, die beinahe wie Flüche klangen.

Er war zufrieden. Sie war vorbereitet, sein Schwanz war inzwischen so hart geworden, dass er fürchtete, zu kommen bevor er in sie eingedrungen war.

Martin öffnete seine Hose und zog sie bis zu den Knien herunter, mehr war nicht nötig. Voller Vorfreude rieb er seinen Stab von hinten zwischen ihren Beinen und bedeckte ihn mit ihrem Saft, schob seine pralle Eichel über ihren Kitzler und genoss die Hitze, die Weichheit, die Nässe. Ihr Stöhnen wurde lauter, sie schüttelte den Kopf wie ein freches Pony.

»Das gefällt dir wohl«, sagte er, konnte sein eigenes Stöhnen kaum unterdrücken, auf seine Stirn traten erste Schweißtropfen und die Ärmel seines Hemdes wurden feucht unter den Achseln.

Er genoss ihren Zustand, ihre Geilheit und Ungeduld übertrugen sich auf ihn. Er wusste, dass sie kurz davor war, er hatte es ja gefühlt, ihr Blut rauschte durch den ganzen Körper und färbte ihre Haut rosa. Er hätte sie gern noch ein bisschen gequält, aber er konnte nicht länger an sich halten, er würde sonst gleich auf ihren saftigen Hintern spritzen, ohne sie gefickt zu haben. Und das war es doch, was er wollte.

Martin biss die Zähne zusammen, dann drang er ohne weitere Ansage von hinten in ihre geweitete Pussy ein. Mit einer Hand griff er um den Gurt des Knebels an ihrem Hinterkopf und hielt sich daran fest wie an einer Trense, hielt sie daran fest, damit sie von seinen kräftigen Stößen nicht fortgetrieben würde.

Ihr Rücken war schweißgetränkt, er nahm sie heftig und genoss die Feuchte, die Hitze zwischen ihren Beinen, die ihn umhüllte und einzusaugen schien. Stöhnend griff er zwischendurch nach vorn an ihren Kitzler und rieb an der zarten Haut, verteilte die Nässe, die aus ihr herausströmte, darauf.

Sein harter Schwanz sah großartig aus, wenn er zwischen ihre Lippen fuhr und in sie eindrang, er sah an sich herab und bewunderte den Anblick, die geschwollenen und geröteten Lippen, der harte Schaft, der sie mühelos teilte, nass und glänzend auftauchte um wieder in ihr zu verschwinden.

Endlich löste er den Knebel und ließ ihn auf den Boden fallen, was sofort von einem erleichterten

Aufstöhnen begrüßt wurde, dann zog er seinen Schwanz langsam aus ihr heraus. Er nahm ihn zwischen Daumen und Zeigefinger und rieb vorsichtig an seinem Schaft, ergötzte sich am Anblick seiner stark geröteten Eichel, die nass war von ihrer Lust. Sie keuchte und versuchte, mit den Händen hinter sich zu greifen und ihn zu fassen, doch sie erwischte ihn nicht.

»Bitte«, stöhnte sie, »bitte, hör nicht auf! Fick mich weiter!«

Sofort schlug er mit der flachen Hand auf ihren Hintern, laut klatschend.

»Habe ich dich etwas gefragt?«, sagte er und drehte ihren Kopf so weit wie möglich herum, bis er in ihre Augen sehen konnte, die so voller Geilheit waren, dass er beinahe explodiert wäre. »Und wann habe ich dir erlaubt, mich zu duzen?«

Ihre Lippen zitterten, als sie sich über den trocken gewordenen Mund leckte.

»Entschuldigen Sie, Mr Hughes«, krächzte Karen, dann gaben ihre Schenkel nach, sie rutschte mit weit gespreizten Beinen auf den Bauch.

»So ist es recht«, höhnte er und legte sich mit seinem ganzen Gewicht auf ihren Rücken. »Auf den Boden mit dir, kleine Schlampe. Ich werde dir zeigen, was es bedeutet, ungehorsam zu sein.«

Sie wimmerte und winselte um Gnade, aber dazu war es zu spät. Mit einer Hand griff er in ihr Halsband und zog ihren Kopf zu sich hoch, was ihr kurzzeitig den Atem nahm, mit der anderen fummelte er seinen harten Stab zwischen ihre Pobacken und suchte das Loch, das noch immer von der Kugel geweitet und von ihrer eigenen Nässe getränkt war.

Sie schlug mit den flachen Händen auf den Teppich, als Martin sein Gemächt in sie hineinstieß, nicht langsam und vorsichtig, sondern egoistisch und roh.

»Jetzt ficke ich dich richtig, mein Kätzchen«,

keuchte er und verlor den Rhythmus, stieß immer heftiger in sie hinein, ihr rasselnder Atem spornte ihn nur noch mehr an. Eine Hand schob er unter ihr Becken, rieb mit zwei Fingern ihren Kitzler, bis er plötzlich spürte wie sich ihr ganzer Körper zuckend verkrampfte und steif wurde.

Ihr Unterleib pumpte als sie kam, ihr herrlich enger Anus massierte ihn pulsierend, die Verbindung zwischen den Körperteilen funktionierte. Er glaubte, Blitze zu sehen, als er die Augen schloss, dann ließ er los und floss über, in Kaskaden stieß er seinen Saft in sie hinein und bäumte sich ein letztes Mal über ihr auf, als der Höhepunkt über ihn hinwegfegte wie ein Tsunami.

»Mann, heute warst du aber besonders wild«, sagte Ms Miller, nachdem sie sich mühsam aufgerappelt hatte.

Martin grinste. »Tut mir leid, falls ich zu heftig war. Irgendwie sind am Ende die Pferde mit mir durchgegangen.«

»Ist schon okay«, antwortete sie. »Du weißt ja, dass ich das gern hab so.«

Er küsste sie auf die heiße Stirn und reichte ihr die Haarspange, die auf den Boden gefallen war.

»Du hast deine Rolle aber auch sehr überzeugend gespielt«, sagte Martin und half ihr, den Reißverschluss ihres Rockes hochzuziehen. »Ich hab zwischendurch fast gedacht, ich hätte die echte Karen Miller vor mir.«

Michelle Jones, die Leiterin der Immobilienabteilung, lachte glockenhell.

»Na, die hätte sich aber bedankt für so eine Behandlung. Allerdings sollten wir unsere Spielchen vielleicht endlich mal woanders hin verlegen. Ich hab‘ doch etwas Angst, dass wir hier irgendwann mal erwischt werden ...«

Martin nickte und zog sein Jackett an, bevor er ihr die Tür aufhielt.

»Gern, ein Tapetenwechsel würde uns gut tun. Wir

können ja nächstes Mal zur Abwechslung *dein* Büro nehmen«, antwortete er grinsend, und sie schlug ihm lachend auf den Arm.

Dann verließen sie gemeinsam so unauffällig wie möglich durch die Tiefgarage das graue Bankgebäude.

★★★

Fest der Hiebe

Nervös stocherte Kate im schwelenden Ofen herum und sah zum wiederholten Male auf die Uhr. Wo blieb Jason nur? Seit über zwei Stunden war er angeblich auf der Suche nach Holz für den kleinen Kachelofen, der eine gemütliche Wärme in dem rustikalen Ferienhaus verbreitete. Draußen wurde es langsam dunkel, und wie es sich für die stillste Nacht des Jahres gehörte war auch von den entfernt liegenden Nachbarhäusern kein Ton zu vernehmen.

Noch am Nachmittag hatten die Kinder der Nachbarn jauchzend in dem knietiefen Schnee herumgetobt, während Jason und sie die kleine Sauna ausprobierten. Anschließend war sie in den Whirlpool gesunken und hatte sich von Jason zur Feier des Tages ein Glas Champagner reichen lassen.

»Es ist schließlich Weihnachten, und da wollen wir mal Fünfe gerade sein lassen«, hatte er schmunzelnd gemeint und sie liebevoll auf die Stirn geküsst. Normalerweise trank sie vor Einbruch der Dunkelheit grundsätzlich nicht, aber wegen des hohen Neuschnees in Dänemark saßen sie für die nächsten Tage sowieso hier fest, das Auto ließ sich keinen Meter durch die Schneemassen bewegen. Ein kleiner Schwips am Nachmittag störte also niemanden.

Sie war etwas enttäuscht gewesen, als er sich dann nach draußen begab, um Holz zu holen. Eigentlich hatte sie nach der hitzigen Sauna Lust auf Sex gehabt, der große Whirlpool bot sich ja geradezu dafür an. Aber wie so oft hatte sie diesen Wunsch nicht laut geäußert und sich stattdessen auf später gefreut, schließlich hatte sie eine besondere Bescherung für Jason vorbereitet.

War sie zu wenig fordernd? Sie wünschte sich schon häufig, dass es anders wäre zwischen ihnen, wartete aber lieber darauf, dass Jason den ersten Schritt machte.

In den letzten Monaten hatte sich ein wenig Routine in ihre Beziehung geschlichen, vor allem im Bett. Der Sex mit Jason war gut, keine Frage, aber manchmal sehnte sie sich nach Abwechslung, etwas Neuem, etwas, das sie noch nie getan hatte. Ihre eigene Schüchternheit stand ihr dabei im Weg, solche Dinge dem Freund gegenüber klar zu äußern. Zu groß war die Sorge, dass er vielleicht schockiert wäre, wenn er von ihren geheimen Wünschen wüsste.

Wieder sah sie auf die Uhr. Wo blieb er denn nur? Langsam machte sie sich Sorgen! Draußen wurde es immer dunkler, die Bescherungszeit nahte, was um alles in der Welt trieb er so lange in dem benachbarten Wäldchen?

Sie hatte ja gesagt, er solle einfach Brennholz im Dorfsupermarkt kaufen, wie alle anderen auch, aber Jason hatte gelacht und gemeint, das sei unmännlich und unromantisch.

Das Ferienhaus im Norden Dänemarks war seine Idee gewesen, und Kate zunächst skeptisch. An die Überfahrt mit der Fähre hatte sich eine stundenlange Autofahrt angeschlossen, die durch den ständigen Schneefall erschwert wurde. Jason war ein souveräner Fahrer und steuerte den alten Rover sicher über glatte Straßen. Erst wenige Meter vor ihrem Ziel hatten sie anhalten und gemeinsam Schneeketten anbringen müssen, die weiße Pracht war zu mächtig geworden und widerstand dem Allradgetriebe.

Kate ging ans Fenster des gemütlich, aber etwas altmodisch eingerichteten Häuschens und sah hinaus. Die dicke Schneedecke im Vorgarten war beinahe unberührt, nur Jasons Fußstapfen, die der noch immer sanft rieselnde Niederschlag schon zur Hälfte geschluckt hatte, waren noch erkennbar.

Hohe Tannen bogen ihre Zweige unter der weißen Last, sie umsäumten das riesige Grundstück und boten so absoluten Sichtschutz vor den Nachbarn, von deren Anwesenheit nur kaum wahrnehmbare, flackernde Lichter hinter den Bäumen zeugten. Sie zog die Schultern zusammen und verschränkte die Arme vor der Brust.

Was, wenn Jason wirklich etwas zugestoßen war? Sie müsste hinaus in die Dunkelheit, in die Einsamkeit, und ihn suchen! Sie wusste nicht einmal, wie sie die Polizei verständigen sollte in Dänemark, hoffentlich stand die richtige Telefonnummer in dem Ordner mit Gästeinformationen, der auf dem Schrank lag?

»Nun komm schon endlich wieder«, murmelte sie und legte eine Hand gegen die Glasscheibe, die von außen eiskalt war. Dann presste sie die Stirn dagegen und starrte weiter hinaus in die Dunkelheit.

Der Kachelofen prasselte hinter ihr, ab und zu knackte es darin. Neben dem Ofen lagen noch genug Scheite, zumindest für den Abend würden sie locker reichen. Er hätte doch morgen in Ruhe Holz sammeln gehen können! Nun hockte sie am Heiligabend mutterseelenallein in dem einsamen Haus und zernagte sich vor Sorgen.

Auf dem Tisch lag sein Handy, beinahe anklagend starrte es sie an. Wie leichtsinnig, das nicht mitzunehmen. Wenn er sich nun im Wald verletzt hatte und irgendwo in der Kälte am Boden lag? Er würde erfrieren!

Entschlossen schlüpfte sie in die dicken Winterstiefel und zog die Skijacke über. Dann suchte sie in seiner Tasche nach einer Lampe, die sie zum Glück auch fand.

So gerüstet öffnete sie die Tür – und schrie erschreckt auf. Ein fremder Mann stand vor ihr im Schnee. Sie musste den Kopf in den Nacken legen, um ihm ins Gesicht sehen zu können. Kurze blonde Haare kamen unter einer lächerlichen rotweißen Mütze hervor, stechend blaue Augen musterten sie mit amüsiertem Ausdruck. Ein hässlicher weißer Wattebart zierte sein Kinn.

Innerhalb von Sekunden rasten Gedanken durch

ihren Kopf. Wo ist Jason? Sollte das seine Überraschung sein – ein schlecht verkleideter Weihnachtsmann? Wie witzig!

»Hohoho«, sagte der Santa Claus und kam weiter auf sie zu, er zog den Kopf ein, als er durch die Tür trat, dann drängte er sie in den Flur zurück.

»Zieh die Jacke aus«, befahl er mit einem seltsamen Akzent, und Kate schüttelte den Kopf. Sie biss sich auf die Unterlippe, versuchte aber, seinem Blick standzuhalten.

Was sollte das denn jetzt? Womöglich musste sie gleich noch ein Gedicht aufsagen oder was? Sie warf einen Blick über seine Schulter nach draußen, auf der Suche nach Jasons grinsendem Gesicht, dann schob der riesige Weihnachtsmann die Tür mit dem Fuß hinter sich zu und der weiße Schnee vor der Tür verschwand.

»Ich habe eine Rute dabei«, sagte der Fremde. »Wenn du nicht gehorchst, werde ich sie benutzen müssen.« Um seine Augen herum lagen Lachfältchen, was sie ein wenig beruhigte. Ein Mann mit solchen Lachfalten würde ihr nichts Böses antun wollen, ganz sicher war dies ein dummer Witz von Jason, den er ausgeheckt hatte. Das sah ihm ähnlich!

Na, sie hatte eine prima Idee, wie sie Jason den Schrecken zurückzahlen würde. Der angebliche Weihnachtsmann sollte eine tolle Bescherung genießen! Beschwingt vom Sekt und dem warmen Bad im Whirlpool blieb sie abrupt vor ihm stehen und kicherte. Er hob eine Augenbraue.

»Das will ich doch hoffen, dass du eine lange, große Rute dabei hast. Ich war schließlich nicht immer artig.«

Sie öffnete betont langsam den Reißverschluss ihrer Skijacke und streifte sie ab. Darunter trug sie einen bequemen Hausanzug, in den sie nach dem Bad geschlüpft war, aber schließlich war Heiliger Abend, und sie hatte eine besondere Überraschung für Jason vorbereitet.

Diese würde sie nun dem komisch verkleideten

Weihnachtsmann zeigen, das würde Jason niemals aushalten und sicher gleich wutentbrannt reinkommen, wenn er durchs Fenster sah, was sie hier trieb.

Innerlich grinsend zog sie die dicken Winterstiefel aus und blieb in der Tür zum Wohnzimmer stehen. Hier war es warm, der Kachelofen knackte wohlig vor sich hin, und so ging sie ein paar Schritte rückwärts in den Raum hinein.

Der Tannenbaum, den Jason am Morgen aufgebaut hatte, duftete und erfüllte das Zimmer mit Weihnachtsgefühlen.

»Jetzt zeige ich dir mal, *wie* unartig ich sein kann«, sagte Kate und schielte zum Fenster, um zu sehen, ob sie Jasons Kopf dahinter erkennen konnte. Doch draußen war alles stockdunkel.

Der Weihnachtsmann, der einen roten Mantel mit weißem Federbesatz trug, blieb stumm. Jedenfalls hatte sie ihn gründlich überrascht, damit hatte er sicher nicht gerechnet, was auch immer Jason ihm aufgetragen hatte.

Lasziv zog sie den Reißverschluss der Nickijacke auf, die zu ihrem Hausanzug gehörte, und offenbarte dem Fremden die für Jason gedachte Überraschung. Santa Claus holte hörbar tief Luft, seine blauen Augen fixierten sie, wirkten aber etwas unruhig.

»Na, Santa, gefällt dir das?«, fragte Kate und zog die Jacke ganz aus, um sich ihm zu präsentieren. Ihre Brüste steckten in einem knallroten Latex-BH mit weißen Schleifchen, der ziemlich billig und obszön aussah, aber genau so hatte sie sich das Outfit für Jason vorgestellt. Es sollte schließlich etwas ganz Neues sein, und es war definitiv eine Abwechslung von der schlichten Unterwäsche, die sie sonst trug.

Ihr Herz klopfte schneller, als sie den begehrlichen Blick des blonden Hünen auf ihrem Körper spürte. Jetzt könnte Jason aber langsam mal hereinkommen, sonst würde das noch ausarten. Und so hatte er sich das ja ganz sicher nicht gedacht!

Wieder versuchte sie, ihn hinter dem Fenster zu entdecken, aber das Licht des Wohnzimmers spiegelte nur ihr eigenes Bild wider. Kate erschrak. Sie hatte das Outfit zu Hause anprobiert und sich selber unglaublich verrucht gefühlt, jetzt in der schwarzen Scheibe vor dem geschmückten Weihnachtsbaum wirkte es plötzlich nur noch geschmacklos, und sie schämte sich.

Ihre Wangen wurden heiß vor Aufregung. Sie war eindeutig zu weit gegangen, was dachte sie sich dabei? Schließlich wusste sie nicht, wer der Typ wirklich war, vielleicht war er ein Angehöriger des Bürgermeisters, der am Heiligen Abend die Urlaubsgäste amüsieren sollte? Und nun war sie gerade dabei, sich den Ruf als Weihnachts-schlampe des Dorfes zu verdienen!

»Entschuldigung, ich wollte nicht ... ich weiß nicht ...«, stammelte sie und bückte sich, um die heruntergefallene Nickijacke wieder aufzuheben.

»Weiter ausziehen«, knurrte der Weihnachtsmann, dessen Lachfältchen plötzlich verschwunden waren. Sein angeklebter Wattebart war noch weiter verrutscht und offenbarte einen Blick auf sinnlich volle Lippen.

»Was? Ich ... nein, also ...entschuldigen Sie bitte, ich dachte ... «

Hektisch angelte sie nach der Jacke, die Santa Claus mit einem gekonnten Fußtritt in eine Ecke beförderte. Schützend legte sie die Arme vor die fast nackte Brust, der winzige Latex-BH verbarg kaum mehr als ihre Nippel, die sich vor Aufregung zusammenzogen. Dann zog er etwas aus der Jutetasche, die sie an einen alten Kartoffelsack erinnerte, und Kate stockte der Atem.

Mit einer Reitgerte in der Hand kam er näher und blieb dicht vor ihr stehen. Sie konnte ihn riechen, die Hose seines Kostüms roch alt und etwas modrig, als hätte sie lange in einem zu feuchten Keller gelegen. Die Gerte, deren Spitze er auf den Boden gestellt hatte, glitzerte am Griff und wirkte doch bedrohlich.

Kate zitterte und blieb sicherheitshalber am Boden hocken. Ihr Gehirn ratterte. Was sollte sie tun? Gehorchen und darauf hoffen, dass Jason gleich zurückkam? Widerstand leisten und versuchen, den Mann zu überwältigen? Das war ein wenig lächerlich aufgrund seiner Statur, er überragte sie um mindestens zwei Köpfe, und von hier unten sah er beinahe aus wie ein Riese. Scheinbar war er nicht von Jason geschickt worden, und so wie er sie jetzt ansah hatte sie einiges zu befürchten. Ein Triebtäter im Weihnachtsmannkostüm? Was für eine Farce!

»Ich habe gesagt, dass ich eine Rute dabei habe«, erklärte er mit ruhiger Stimme, die dunkel war und nicht recht zu seinen blonden Haaren passte. Ebenso wenig wie sein Akzent, er sprach kehlig und rollte das R auf eine Art, die sie beinahe belustigte. Wäre nicht die Situation so beängstigend gewesen.

Du Idiot, schimpfte sie mit sich selbst. *Das ist doch deine eigene Schuld! Warum sollte Jason einen Weihnachtsmann organisieren, um dich damit zu überraschen, und dann gar nicht anwesend sein?*

Aber jetzt war es eindeutig zu spät für Reue. Sie hatte etwas gewagt, und prompt verloren. Tränen brannten in ihren Augen, als sie den Kopf hob und den fremden Weihnachtsmann von unten herauf ansah.

Plötzlich zeigten sich seine Lachfältchen wieder, für eine Sekunde, dann hatte er sich im Griff und legte die Stirn in Falten.

Langsam und bedächtig ließ er die Gerte über ihren fast nackten Oberkörper gleiten. Der weiche Stab blieb an dem glänzenden Latex ihres BHs kurz hängen, dann wanderte er auf ihren Rücken, wo er vorsichtig flatternd gegen ihre Haut klopfte.

Kate hielt den Atem an und starrte dem Fremden ins Gesicht. Ein Einbrecher, der auf SM stand? Warum hatte er eine Gerte dabei statt einer Pistole oder eines Messers? Damit hätte er sie wenigstens beeindrucken können. Noch dazu eine so Kitschige, mit glitzerndem Griff? Das war für Kinder ein wohl eher unpassendes Geschenk, also war er augenscheinlich kein angeheuerter Santa Claus zur Bespaßung der Urlaubsgäste. Und wo zum Teufel blieb Jason?

Sie schluckte hart und versuchte, seinem stechenden Blick standzuhalten.

»Mein Name ist Kate. Ich komme aus England und verbringe den Urlaub hier, mit meinem Freund, der jeden Moment zurückkommen wird.« Irgendwo hatte sie mal gelesen, dass man potenziellen Angreifern, Vergewaltigern, etwas erzählen soll, am besten persönliche Dinge, die ihnen deutlich machten, dass es sich beim ausgewählten Opfer um einen Menschen handelte und nicht um ein Objekt. Allerdings war die seltsame Kostümierung, in der sie sich ja nun selbst befand, dieser Sache nicht gerade zuträglich. Sie würde sich also mehr einfallen lassen müssen, um ihn zu besänftigen und vor allem Zeit zu überbrücken, bis Jason zurückkäme. Was er ja hoffentlich sehr bald tun würde!

»Das ist mir egal«, herrschte der Weihnachtsmann sie an, und die Gerte pochte auf ihrem Rücken wie ungeduldige Finger, die auf einen Schreibtisch klopfen. Kate kniff die Lippen zusammen und senkte unwillkürlich den Kopf. Ihr ganzer Körper war angespannt, auf den Schmerz wartend, den der Typ ihr mit der Gerte sicher gleich zufügen würde.

Gleichzeitig machte sich ein lustvolles Prickeln in ihr breit, das sie irritierte. Was um Himmels willen sollte das? Natürlich hatte sie sich gewünscht, etwas Neues auszuprobieren, und vielleicht hatte das Universum auf ihre Wünsche ebenso reagiert wie jetzt ihr Körper, aber sie hatte sich das nun wirklich anders vorgestellt, jedenfalls nicht mit einem verkleideten Dänen im Weihnachtsmannkostüm!

Die Absurdität der Situation wollte sich Bahn brechen, und sie konnte nur mühsam ein hysterisches Lachen unterdrücken. *Englische Touristin von Weihnachtsmann vergewaltigt* – was für eine Schlagzeile! Kam Santa Claus nicht tatsächlich aus Dänemark? Oder war es Norwegen?

»Steh auf!« Der Befehlston riss sie aus ihren wilden Gedanken. Benommen richtete Kate sich auf und legte instinktiv die Hände schützend vor ihre halb entblößte Brust. Ihre Brustwarzen waren hart geworden, obwohl es nicht kalt war im Raum, und stachen wie winzige Pfeilspitzen durch den Latexstoff, als würden sie auf den Fremden zeigen wollen.

Eine Gänsehaut breitete sich auf ihrem Körper aus, und ihre Nackenhaare richteten sich auf als sei ihr plötzlich kalt. Der Däne stand nun dicht vor ihr, sie spürte seinen Atem auf der Kopfhaut.

Seine Brust lag direkt vor ihr, hier mischte sich der etwas modrige Geruch des seltsamen Kostüms mit einem After Shave, das ihr entfernt bekannt vorkam. Mit einer ruckartigen Geste riss er sich den Wattebart, der sich längst selbstständig gemacht hatte, vom Gesicht. Kate wagte kaum, ihn anzusehen, sie wollte ihn nicht noch mehr provozieren als sie das völlig irrational mit ihrem kleinen Striptease schon getan hatte. Zum Glück trug sie wenigstens noch die restlos unerotische Nickihose, sodass nicht zu befürchten war, dass er durch den Anblick auf heißere Gedanken käme.

Wieder schielte sie vorsichtig zum Fenster, doch das blieb schwarz. Einzelne Schneeflocken klebten daran, die langsam zerschmolzen und winzige Tränenbahnen auf der Scheibe hinterließen. Der Ofen knackte noch immer, aber bald würde das Holz ausgebrannt sein.

»Zieh die Hose aus!« Verdammt, konnte der Typ Gedanken lesen? Vorsichtig hob sie den Blick und sah ihm ins Gesicht. Er konnte ein Schmunzeln nicht ganz verbergen, der sinnliche Mund zuckte kaum merklich, und seine Augen funkelten. Sie waren hellblau wie der Himmel bei strahlendem Sonnenschein, ein so klares Blau hatte sie noch nie in menschlichen Augen gesehen. Bestimmt Kontaktlinsen, niemand hatte so blaue Augen!

»Was, wenn ich das nicht tun will?«, fragte sie, forscher als ihr Mut es eigentlich zuließ, und blieb aufrecht vor ihm stehen. Dann stemmte sie die Hände in die Hüften und sah ihn herausfordernd an. Vielleicht würde sie ihn mit unerwarteter Frechheit in die Flucht schlagen können?

Er antwortete nicht auf ihre Frage, sondern bückte sich und riss mit einem Ruck die Hose von ihrer Hüfte. Kate schrie auf und starrte entsetzt an sich herunter. Das Kleidungsstück hing um ihre Knöchel, was zur Folge hatte, dass sie sich Santa in einem wirklich heißen, knallroten Latexstring mit offenem Schritt präsentierte.

Der leckte sich unwillkürlich über die Unterlippe, das ausgepackte Geschenk betrachtend, und grinste.

»Wie nett«, sagte er. »Zieh das Ding ganz aus!«

Kate fügte sich. Nun war sie sowieso halbnackt, und wenigstens würde die um die Füße hängende Hose sie dann nicht an einer eventuellen Flucht hindern. Wütend schob sie sie mit dem Fuß zur Seite und blieb vor dem Weihnachtsmann stehen.

»Nun, dann wollen wir mal sehen, was Santa Claus dir mitgebracht hat«, sagte er und ging an ihr vorbei, um sich auf einen Sessel zu setzen.

»Komm her!«, befahl er und klopfte mit einer Hand auf seinen Schoß. Kate schüttelte entsetzt den Kopf. Das war nun wirklich zu viel verlangt! Sie würde sich ganz bestimmt nicht freiwillig mit fast nacktem Hintern auf seinen Schoß setzen!

Ihr wurde übel. Wo blieb nur Jason, um sie zu retten? Wenn ihm nun etwas zugestoßen war, und sie wurde hier von einem idiotisch verkleideten Triebtäter festgehalten und konnte ihm nicht helfen!

»Komm her!««, wiederholte Santa Claus etwas lauter und deutete auf seine Beine. »Sonst kommst du nie hier weg, um Jason zur Hilfe zu eilen.«

Kate stutzte. Woher wusste er, wie ihr Freund hieß? Ach, sie hatte das sicher vorhin erwähnt bei ihrem unkontrollierten Redeschwall. Aber wie kam er darauf, dass sie ihm helfen wollte? Steckte doch Jason hinter dieser ganzen Sache? Der konnte was erleben, wenn er hier auftauchte!

Langsam machte sich Wut breit in ihr, die die Sorge um Jason überstieg. Schöne Bescherung! Die hatte sie sich nun wirklich anders vorgestellt! Mit sehr kleinen Schritten ging sie auf den großen Mann zu und ließ sich vorsichtig auf seine Oberschenkel sinken. Er knurrte zufrieden und rückte sie zurecht, bevor er seinen Sack erneut öffnete und etwas herauszog.

»Sieh nur! Da ist ein Geschenk für dich von Santa!«, sagte er und hielt ihr demonstrativ grinsend ein Paar metallene Handschellen vor die Nase. Kate wollte aufspringen, aber eine große, kräftige Hand hinderte sie daran.

»Wollen wir die nicht mal ausprobieren?« Sie schüttelte hastig den Kopf und versuchte von seinem Schoß zu rutschen. Unter keinen Umständen wollte sie wissen, ob der Typ ihretwegen womöglich eine Erektion bekam. Oder doch?

»Zum Glück bin ich der Weihnachtsmann und muss nicht um Erlaubnis bitten«, sagte der Blonde und hob sie mit beiden Händen so leicht hoch, als sei sie eine Katze oder ein anderes Haustier, das man einfach durchs Haus tragen konnte. Unwillkürlich klammerte sie sich mit beiden Händen an seinem Nacken fest. Jetzt war sein Gesicht ganz dicht bei ihr, sie konnte seinen Atem spüren und riechen.

Er duftete nach Zimt und Kaffee – hatte sie nicht schon immer wissen wollen, wie der Weihnachtsmann riecht?

Hör auf, so einen Unsinn zu denken!, schimpfte sie mit sich selbst. *Die Lage ist wirklich ernst!*

Doch ihr Körper war anderer Meinung und zeigte ihr mit seiner Reaktion deutlich, dass der große Fremde offenbar eine gewisse Anziehungskraft auf sie hatte. Sein Nacken war muskulös und breit, sie spürte die Muskeln seiner Arme an ihrem Körper, während er sie durch das Zimmer zur Heizung trug.

Nichts unter der Kutte deutete darauf hin, dass dieser Santa Claus figürlich irgendetwas gemein hatte mit dem rot-weißen Weihnachtsmann, den Coca Cola vor über hundert Jahren in die Welt geschickt hatte. Immerhin hatte der einen stattlichen Bauch unter dem Pelz.

Vor dem Heizkörper ließ er sie auf den Boden sinken. Das eiskalte Metall drückte sich von hinten gegen ihren Rücken, die Heizung war ausgeschaltet, weil der Ofen noch immer glühte. Mit zitternden Beinen versuchte sie sich zu wehren, als der Fremde ihre Hände nahm und sie hinter ihrem Rücken zusammenlegte.

»Das gefällt mir, dass du so widerspenstig bist«, zischte er, als sie ein Stück Haut zu fassen bekam und heftig darüber kratzte. »Aber gegen mich hast du doch sowieso keine Chance!«

Kate beschloss zu schreien. Sie wusste, dass die Nachbarn sie nicht hören würden, trotzdem riss sie den Mund auf und schrie einfach drauflos. Der Weihnachtsmann, der inzwischen ihre Hände mit den Handschellen an den Heizungsrohren befestigt hatte, blieb belustigt vor ihr stehen und sah auf sie herab wie auf ein trotziges Kind mit waschechtem Wutanfall. Sie starrte ihm ins Gesicht und brüllte weiter.

»Ich denke, ich muss dich knebeln, sonst verdirbst du die Stille Nacht«, sagte er, als sie kurz Luft holte. Empört öffnete sie erneut den Mund, da bückte er sich und stopfte ihr ein Knäuel hinein. Der trockene Stoff brachte sie beinahe zum Verstummen, während sie mit der Zunge heftig dagegen kämpfte und versuchte, ihn herauszuschieben.

»Wenn du damit weitermachst, binde ich ihn fest«, sagte Santa Claus, der zum Sessel zurückging und aus dem Sack einige Dinge holte, darunter einen schmalen Lederriemen, den er ihr drohend zeigte. Kate seufzte und schloss die Augen.

Schöne Bescherung! Was auch immer der Typ mit ihr vorhatte, sie würde diesen Abend nie vergessen! Und Jason lag wahrscheinlich verletzt im Wald und erfror! Jetzt blieb ihr nur noch zu hoffen, dass der Weihnachtsmanntriebtäter wenigstens schnell machte, damit sie die Polizei und den Rettungsdienst benachrichtigen konnte.

»Ich glaube, ich brauche ein bisschen Unterstützung«, sagte Santa Claus und holte eine große Glocke aus dem Sack, mit der er läutete. Himmel, würden jetzt etwa Rentiere hereinschneien, oder Weihnachtselfen?

Ihre Gedanken spielten wieder einmal Scharade und trieben in Gefilde ab, die sie selbst als unpassend empfand in diesem Moment.

Sekunden später öffnete sich die Haustür, Kate spürte den eisigen Wind, der hindurchzog und einen Schwall frischer Luft in das gewärmte Wohnzimmer brachte. Das konnte doch nicht wahr sein, nun kam tatsächlich noch ein Kumpane dazu! Sie war verloren!

In einer braunen Kutte betrat jemand den Raum, dessen Gesicht sie unter der Kapuze nicht erkennen konnte.

»Ihr habt gerufen, Meister?« Kate riss den Kopf hoch und die Augen auf. Die Stimme kannte sie. Es war eindeutig! Also hatte sie doch Recht gehabt mit ihrem ersten Verdacht. Blödmann!

Sie wand sich in den Handschellen und gab

knurrende Laute von sich, um auf sich aufmerksam zu machen. Jason schob die Kapuze vom Kopf und grinste.

»Oh, Ihr habt den kleinen Weihnachtsengel ja schon dingfest gemacht«, sagte er dann zu dem Blonden und klopfte ihm anerkennend auf die Schulter. Der überragte sogar Jason noch um einen Kopf, allerdings sah ihr Freund in der braunen Kutte etwas albern aus. Was sollte das darstellen, Knecht Ruprecht?

Kate versuchte ihm mit wütenden Blicken zu signalisieren, dass das Spielchen nun zu Ende sein musste. Seine Überraschung konnte er sich irgendwo hin stecken, die hatte er sich selbst gründlich verdorben.

Was zum Teufel war in ihn gefahren? Die Kälte? So entsetzlich langweilig war ihr Sex doch auch nicht, dass er mit so ausgeflippten Spielchen anfangen musste.

»Hmmnngnn«, machte sie und versuchte erneut, das Stoffknäuel loszuwerden, das jegliche Spucke aufsog und ihren Mund schrecklich austrocknete. Allerdings spürte sie mit Schrecken, dass die dort fehlende Feuchtigkeit sich an einer anderen Körperstelle ausgebreitet hatte.

Beschämt presste sie die Beine zusammen, um sich den Männern nicht zu entblößen, der rote Latexstring würde ihre Lust kaum verbergen.

Jason beachtete sie nicht weiter. Er stapfte hinter dem seltsamen Weihnachtsmann her in die Küche, wo sie die beiden flüstern hörte. Wütend rappelte sie mit den Handschellen, die gegen die Heizungsrohre klirrten, und stieß wilde Flüche aus, die der Stoff im Mund jedoch gnädig verschluckte.

»Ich habe gehört, dass du nicht gerade brav warst in den letzten Monaten«, sagte Santa Claus einige Minuten später. Er stand im Türrahmen und öffnete sein Kostüm. Kate riss die Augen auf. Unter dem Mantel war er nackt, und neben einem unverschämt gestählten Körper präsentierte er ihr auch noch völlig ungeniert einen nur halb erigierten Schwanz, der jedoch schon in diesem

Zustand mit einer ordentlichen Größe aufwarten konnte.

Das ging wirklich zu weit! Sie suchte Jasons Blick, doch der betrachtete beinahe genüsslich den fremden Typen neben sich, offenbar ebenso gefesselt wie sie von dem Anblick dessen Geschlechts.

Sie konnte kaum noch atmen, die Luft, die sie durch die Nase einsog, war warm und stickig und roch nach Tannengrün und verbranntem Holz. Ihre Augen tränten, und ihre Hände drohten einzuschlafen durch die unbequeme Position an der Heizung.

»Also muss ich wohl meine Rute rausholen und dir zeigen, wie kleine Mädchen vom Weihnachtsmann bestraft werden.« Kate wurde noch wärmer. Der Latex-BH zwickte unangenehm und war von innen schon feucht vor Schweiß.

Dann kam Jason auf sie zu und löste die Handschellen von der Heizung. Sauer wollte sie die befreiten Hände nutzen und ihn vor die Brust schlagen, um zu signalisieren, was sie von der ganzen Sache hielt, aber er ließ sie nicht. Stattdessen legte er mit einer raschen Bewegung ihre Hände auf dem Rücken zusammen und arretierte die Schellen wieder, bevor er sie vom Boden hochzog. Kate trat nach ihm und stieß stöhnende Laute aus, aber Jason betrachtete sie ungerührt und brachte sie zum Sessel zurück. Dort saß der fast nackte Santa Claus und wartete geduldig lächelnd auf sie.

Jason platzierte ihren Oberkörper über dessen Schenkel und legte Kate regelrecht über Santas Knie. Sie konnte sich kaum auf ihm halten mit den gefesselten Händen, aber Jason half ihr und rückte sie so zurecht, dass sie halbwegs sicher lag. Allerdings hatte sie das Geschlecht des Weihnachtsmannes unmittelbar neben sich, sie spürte seine Härte an ihrem Arm.

Dann hörte sie ein Zischen.

Kate schrie dumpf durch den Knebel, als die Gerte ihren Hintern traf. Die Heftigkeit des Hiebes hatte sie erschreckt, sie hatte nicht damit gerechnet, dass der

Fremde wirklich zuschlagen würde.

»Hmmmng«, grummelte sie, schon etwas leiser, als die Gerte erneut knallte. Ein heißes Prickeln breitete sich auf ihren Pobacken aus, das Blut sammelte sich darin und dem kurzen Schmerz folgte eine wohlige Wärme.

Kate versuchte, den Kopf zu drehen, um Jason ansehen zu können, aber Santa hatte ihren Nacken fest im Griff und drückte ihn nach unten, sodass sie nichts anderes tun konnte als die Augen zu schließen und den nächsten Hieb abzuwarten. Der kam auch schneller, als ihr lieb war, und traf sie mit einer Wucht, dass ihr kurz die Luft wegblieb.

Sie schnaufte durch die Nase und zappelte, da legte Jason von hinten seine Hände auf ihre Beine.

»Sssscht«, zischte er leise, beinahe beruhigend, als er sie festhielt und ihren Schoß auf Santas Oberschenkel drückte.

Ein heftiges Pochen schoss durch ihren Unterleib, als die empfindliche Perle unter dem engen Latex gegen seine Muskeln gepresst wurde. Der Weihnachtsmann hatte sein Bein leicht angehoben und bewegte es unter ihr sanft hin und her, schaukelte ihre Lust wie ein Boot, und jede Bewegung ging durch sie hindurch wie ein erregender Schlag. Plötzlich spürte sie Jasons Finger, der sich von hinten einen Weg zwischen ihre Beine bahnte. Er teilte ihre Labien und tauchte kurz in sie hinein, zog sich dann sofort zurück und verrieb die Feuchtigkeit, mit der sie ihn getränkt hatte, zwischen ihren Pobacken, um damit den engen Muskelring zu massieren.

Das Blut schoss in Kates Kopf, er hing unangenehm vornüber und ihr wurde schwindelig.

»Braves Mädchen«, sagte Jason hinter ihr. »Meister, sie ist schon sehr feucht. Vielleicht können wir die Behandlung ...?«

Der Weihnachtsmann schüttelte den Kopf. »Oh nein. Es ist ein gutes Zeichen, aber es bedeutet auch, dass sie noch mehr braucht, denn sonst ist es ja keine Strafe mehr.«

Kate wollte protestieren, bevor sie sich an den Knebel in ihrem Mund erinnerte, der sie noch immer ausdörrte. Dann klatschte eine flache Hand auf ihren Hintern und entlockte ihr ein Stöhnen. Immer abwechselnd malträtierte der Weihnachtsmann ihre Backen, mit kurzen Pausen dazwischen, in denen sie Luft holen konnte. Ihr Hintern brannte, als Jasons Finger sich erneut auf Entdeckungstour begaben und unmittelbar vor ihrer Spalte verharrten.

Sie schloss die Augen wieder und genoss das Kribbeln, das ihren ganzen Körper zu erfassen schien. Dann presste Jason seinen Finger gegen ihren Kitzler, der schon geschwollen war und erwartungsvoll pochte. Bei jedem Schlag auf ihren Hintern löste er so durch das unkontrollierte Zucken ihres Unterleibes einen Luststoß aus, der sie aufkeuchen ließ. Immer und immer wieder rieb sie sich über seinen Finger, bis sich ihre Beine versteiften und sie die Erlösung nahen spürte.

»Stopp!«, rief Jason, und sie knurrte empört durch den Knebel. Sie war inzwischen so nass, dass ihr Saft sich tropfenweise aus ihr löste und am Latexstring entlangrann.

»Nur Geduld, Prinzessin«, sagte Jason sanft. »Es ist doch die längste Nacht des Jahres, und wir haben Zeit. Nicht wahr, Meister?«

»Oh ja«, sagte Santa und schüttelte seinen Arm aus, als hätten ihn die Schläge mehr Kraft gekostet als Kate, deren Beine sich unterdessen in Wackelpudding verwandelt hatten. Dafür tobte zwischen ihnen das Blut und ließ sie noch mehr schwindeln, ihr Hirn schien watteweich und seltsam leer. Santas Pracht dagegen war deutlich gewachsen, jedenfalls drückte sich seine Erektion vehement gegen ihre Flanken.

Jason ging um den Sessel herum und zog das Stoffknäuel aus ihrem Mund, das sich als Weihnachtssocke entpuppte.

»Ich glaube, den brauchen wir nicht mehr«, sagte er an den Blonden gewandt, und der nickte.

Unwillkürlich nickte Kate ebenfalls und genoss den Speichel, der sich nach der Befreiung in ihrem Mund sammelte.

»Ich bin sowieso dafür, dass wir einen anderen Knebel benutzen«, sagte Santa und grinste. Kate wandte erschreckt den Kopf und sah Jason an, der vor ihr stand. Noch immer hing sie unbequem, mit auf den Rücken gefesselten Händen, über Santas Schoß, ausgeliefert und wehrlos. Und geil.

»Bitte nicht«, brachte sie leise hervor. Der Gedanke, schon wieder etwas Unangenehmes in den Mund nehmen zu müssen, war ihr zuwider.

Doch Jason öffnete die braune Kutte und zwinkerte ihr zu. Kate hielt die Luft an. Er war nackt unter dem rauen Stoff, und zwischen seinen Beinen sprang ihr schon seine Rute entgegen, die dick und hart geworden war. Der Speichelfluss in ihrem Mund verstärkte sich unwillkürlich, und sie öffnete bereitwillig die Lippen, als Jason zwei Schritte auf sie zumachte und ihren Kopf an den Haaren nach oben zog.

Er roch nach der Sauna mit dem Tannenaufguss, den sie gemeinsam genossen hatten, und er schmeckte etwas salzig, wie die Meeresluft, die sie beim Spaziergang vor einigen Stunden erfrischt hatte. Bereitwillig ließ sie ihn zwischen ihre Lippen dringen und schloss die Augen, saugte an ihm und schmeckte seine Lust, die als winziger Tropfen aus der kleinen Öffnung hervorquoll.

Santa hielt ihre Beine und ihren Oberkörper fest im Griff, Jason umklammerte ihren Kopf und stieß plötzlich roh in ihren Mund hinein, um sich an ihr zu bedienen. Kates Augen tränten, als er so tief eindrang wie er es sonst nie wagte, und sie schnappte nach Luft, bevor er sie erneut so stoßen konnte.

Der Gedanke, von ihm benutzt zu werden wie eine

Puppe, während sie fast nackt mit brennendem Hintern auf dem Schoß eines verkleideten Fremden lag, heizte ihre Lust noch mehr an. Sie schloss die Lippen so fest sie konnte um Jasons prallen Schwanz und ließ sich von ihm missbrauchen. Santa rieb seinen hart gewordenen Schaft an der Seite ihres Oberkörpers, während er mit den Fingern von hinten zwischen ihre Beine glitt und an ihr herumspielte.

Kate dachte nicht mehr darüber nach, in welcher Situation sie sich gerade befand, sie ließ einfach zu, dass der Fremde sie erregte, dass er sich an ihrem Körper befriedigte und Jason wie ein Tier keuchend ihren Mund vögelte.

Als er dort zu zucken begann, hielt er inne und zog sich aus ihr heraus. Seine Eichel war prall und glänzte von ihrem Speichel, der sich mit den wenigen Lusttropfen gemischt hatte, die aus ihm herausdrängten. Kate fühlte sich plötzlich leer.

»Fick mich, Jason«, rief sie, als Santas Finger immer schneller über ihre Klit kreisten. Er hatte ihre Beine etwas angehoben, um Platz zu haben zwischen ihrem Unterleib und seinen Oberschenkeln, und den wusste er mit seiner Hand gut zu nutzen. Sie stöhnte, als er mit einem Finger in sie eindrang und heftig hineinstieß. Jason stand vor ihr und beobachtete mit glänzenden Augen das Schauspiel, während er an seinem Schaft rieb, langsam und bedächtig, um noch nicht zu kommen. Sie kannte den Ausdruck in seinem Gesicht, er biss hart die Zähne zusammen und wirkte konzentriert, und sie wusste, wie sehr er sich beherrschte.

Aber sie wollte ihn jetzt, sie brauchte ihn jetzt in sich! Ihre Möse kribbelte und juckte, und sie verlangte nach einem Schwanz, nach Jasons Schwanz, um von diesem unsäglichen Reiz des Verlangens befreit zu werden.

»Bitte«, stöhnte sie, als Santa noch einen zweiten Finger in sie hineinschob und sie damit stieß, ohne den anderen von ihrer Klit zu lösen, die sich prall hervorgetan hatte. Ihr Hintern brannte noch immer von den ungewohnten Hieben, sie spreizte unwillkürlich die Beine weiter, damit der Blonde sie tiefer nehmen konnte. Was er jedoch nicht tat.

»Ihr habt doch noch etwas mitgebracht, lieber Santa? Für die braven Mädchen?«, fragte Jason und sah den Blonden grinsend an. Kate hörte seine Worte kaum, das Blut rauschte so laut in ihren Ohren, dass sie kein Gehör hatte für langweilige Worte.

Ja, was hast du denn noch mitgebracht, lieber Santa? Eine besonders dicke Rute vielleicht, die vor Lust schon feuchte Spuren auf meiner Haut hinterlassen hat? Noch immer presste sich sein großer Schwanz fest an sie, und sie genoss die Härte, die sie an ihrem Körper spürte.

Ein Geräusch übertönte ihr eigenes Keuchen. Ein Brummen, Surren. Dann glitt etwas oder jemand zwischen ihre Beine und drang sehr langsam in sie ein. Die Vibration schoss durch ihren Unterleib, und sie schrie vor Lust auf, als eine weitere vibrierende Spitze von vorn auf ihren Kitzler traf. Santa hob sie scheinbar mühelos etwas an, Jason war hinter sie getreten und schob ihr den Vibrator hinein, dessen Dicke und Härte ihre Pussy dankbar empfing. Er rüttelte ihren ganzen Körper auf, massierte sie von innen, dann schob Jason ihn hastig hin und her und fickte sie damit.

»Oh Gooott«, schrie sie und bewegte ihr Becken, um den Stößen entgegenzukommen. Die ebenfalls vibrierende Spitze des sanft gebogenen Vibrators lag vorn auf ihrer Klitoris und löste bei jeder Berührung einen lustvollen Impuls aus, der ihren ganzen Körper erfasste.

»Ich komme, ich komme«, sie spürte kaum noch die Handschellen, die in ihre Handgelenke schnitten. Sie hörte ihr eigenes Keuchen, ihr Schreien, spürte den kalten Schweiß auf der Haut, als ihre Pussy sich um den Vibrator zusammenzog wie ein eiserner Ring, immer wieder, heftig pulsierend, dann kam sie.

»Wow. Ich wünsche mir nächstes Jahr, genauso lange kommen zu können wie eine Frau«, sagte der Blonde. Sie hing noch immer zitternd über seinen Beinen und keuchte atemlos.

»Wir sind ja auch noch dran«, antwortete Jason, hob sie vorsichtig von den Schenkeln des Fremden und drückte sie kurz an sich. Sie legte erschöpft die Stirn gegen seine Brust, ihr Atem ging noch immer schwer. Jason rieb besorgt ihre Handgelenke.

»Geht es noch?«

Kate nickte. Sie schluckte trocken, reden konnte sie nicht. Noch immer tobten die Nachwehen des Höhepunktes durch ihren Körper und schwächten sie, sodass sie sich gegen Jason lehnen musste, um nicht umzufallen.

Der schob sie jedoch sanft von sich und drückte sie erneut runter auf die Knie. Der Blonde spreizte die Beine sehr weit, und Jason platzierte sie dazwischen. Sie sah ihn irritiert an und blinzelte. Der große, harte Schwanz des Dänen lag nun genau vor ihr. Sollte sie ihn etwa ... ? Das war doch nicht Jasons Art, er war sonst sehr eifersüchtig. Doch Jason half ihr, seine Gedanken zu durchschauen.

Zunächst öffnete er den roten Latex-BH und streifte ihn ab, dann presste er ihre prallen Brüste mit beiden Händen von hinten zusammen und legte sie um den Schaft des anderen. Kate verstand.

Santas blaue Augen ruhten auf Kates Busen, der zum Glück groß genug war, um ihn in der Spalte dazwischen aufzunehmen. Dann begann sie langsam, ihren Oberkörper auf und ab zu bewegen, um seine Härte zu massieren.

Santa stöhnte auf. Er legte eine Hand auf ihre Schultern und dirigierte ihren Rhythmus, Jason drückte von hinten weiter ihre Brüüste so eng zusammen, dass der Schwanz des anderen nahezu gemolken wurde.

Atemlos sah Kate an sich herunter. Die gerötete

Eichel des Hünen tauchte immer wieder kurz zwischen ihren Brüsten auf, dann verschwand sie in der Weichheit, um immer feuchter glänzend wieder zu erscheinen. Lust löste sich aus ihm, sie war heiß und feucht auf ihrer Haut, klebrig. Er stöhnte lauter, und sie beschleunigte ihre Bewegungen. Sie massierte ihn mit ihren Brüsten, zwischen seinen Beinen kniend, während Jason von hinten ihren Nacken küsste und ihr Haar zur Seite strich. Immer schneller glitt sie auf und ab, genoss den Anblick des prallen Schaftes, wenn er kurz auftauchte, als wolle er nach Luft schnappen. Ihre Scham prickelte schon wieder, unmittelbar nach dem Höhepunkt war sie so sensibel gewesen, dass sie keine Berührung ihrer Klit hätte ertragen könen, aber jetzt ließ sie Jasons Finger zu, die sich von hinten gegen ihre Spalte pressten und jeder Bewegung folgten.

»Sture Gud«, *großer Gott*, stieß der Däne hervor, als sein Schwanz zwischen ihren Brüsten zu zittern begann. Atemlos verharrte Kate in ihrer Bewegung und sah zu, wie der weiße Saft kaskadenartig aus seiner Schwanzspitze spritzte und auf ihr Dekolleté klatschte. Jasons Finger fummelten an ihren Mösenlippen herum, sie spürte sein Gesicht ganz nah an ihrem Kopf, offenbar sah er über ihre Schulter dem Höhepunkt des blonden Hünen zu.

Dann legte er beide Hände auf ihren Hintern und schob sie nach vorn, sodass sie zwischen Santas Beinen auf dem Boden kniete, seinen halb erigierten, langsam erschlaffenden Schwanz direkt vor der Nase, ihren Po dekorativ nach hinten gestreckt, die Hände noch immer auf dem Rücken gefesselt. Santas Oberschenkel gaben ihr Halt, sodass sie nicht umfallen konnte.

Von hinten durchdrang Jason den kurzen Widerstand ihrer Labien, dann endlich spürte sie ihn in sich, den prächtigen, inzwischen steinharten Schwanz, den sie so gut kannte.

»Oooh Jason«, stöhnte sie, und wie von selbst legte

sie die Lippen um den Schaft des Weihnachtsmannes, dessen Blick beinahe erschrocken wirkte, während Jason von hinten kräftig zustieß.

Er stöhnte leise, als sein Schaft sich in ihrem Mund wie von selbst weiter aufrichtete, und sie lutschte und saugte so fest sie konnte an ihm, genoss dabei die harten Stöße, die ihren ganzen Körper in Bewegung brachten. Jason hatte offenbar den Vibrator wiedergefunden, denn plötzlich durchzuckte die Lust ihre Klit so heftig, dass sie die Lippen von Santa löste und aufschrie.

Jason schnaufte, während er weiter in sie eindrang, tief und rücksichtslos, und dabei ließ er den Vibrator von vorn an ihr arbeiten. Die Vibration ging tief in ihren Unterleib hinein, ein unbändiges Pulsieren schoss durch ihren Unterleib und ließ ihn erbeben, beinahe qualvoll, schmerzhaft, überreizt.

»Aaaah, ich komme!«, rief Jason, dann pulsierte er in ihr und riss sie mit sich, das Klopfen des Vibrators tat sein Übriges, und auch Kates Unterleib zog sich erneut wehenartig lustvoll zusammen, immer wieder, melkte Jasons Schwanz, bis auch der dänische Weihnachtsmann sich zum zweiten Mal entlud, diesmal in ihren Mund. Kate schluckte hastig, die Menge war klein, und das ständige Zucken ihres Beckens in dem nicht enden wollenden Höhepunkt gönnte ihrem Körper keine Ruhe. Atemlos blieben sie zu dritt auf und vor dem Sessel hocken, Kate legte die heißen Wangen gegen Santas nackte Schenkel, während Jason sich von hinten an sie schmiegte und ihren Rücken mit heißen Küssen übersäte.

»Prinzessin, das war eine großartige Bescherung«, sagte er dann nach einer Weile, als sie endlich wieder zu Atem gekommen war und der aufbrausende Puls einer wahnsinnigen Ruhe und Entspannung wich. Sie lächelte still.

Sie aßen die kalt gewordene Putenbrust, die Kate vorbereitet hatte, ließen sich von Ole, so hieß der

Weihnachtsmann, ein dänisches Weihnachtslied beibringen, tranken heißen, viel zu süßen Met vor dem prasselnden Kachelofen und kicherten über den gemeinsam verlebten Heiligen Abend.

Erst kurz vor Mitternacht brach Ole in seinem Kostüm auf. »Gode Jul«, sagte er zum Abschied und hauchte ihr einen Kuss auf die Wange, den sie errötend erwiderte. Jason schüttelte ihm die Hand und zwinkerte ihm zu.

»Wie gut, dass ich dem Weihnachtsmann vorher einen ausführlichen Wunschzettel geschrieben habe«, sagte er grinsend.

Kate lachte und zeigte auf den alten Jutesack und die verstreut herumliegenden Utensilien.

»Und wie gut, dass der Weihnachtsmann seine Geschenke nicht wieder mitnimmt!«

Jason nahm sie in die Arme und zog sie an sich, als die Tür hinter Ole ins Schloss fiel. Dann küsste er sie innig.

»Frohe Weihnachten, Süße«, sagte er.

»Ich hoffe, du hast dich über dein Geschenk gefreut? War es so, wie du es dir gewünscht hast?«

Sie nickte. »Noch viel besser! Ich habe nicht damit gerechnet, dass du so großzügig teilen würdest! Und das Schönste ist – Weihnachten ist ja noch nicht vorbei ...«

Sie zog ihn mit sich ins Badezimmer, um das versäumte gemeinsame Bad im Whirlpool nachzuholen.

★★★

Lustsklave

Jason schaltete den Fernseher aus und leerte sein Rotweinglas in einem Zug. Er war allein an seinem Geburtstag, wie immer, seit drei Jahren.

»Warum feierst du deinen Geburtstag nicht mehr?«, hatten die Kollegen staunend gefragt, und Jason hob die Schultern.

»Ich habe die Vierzig hinter mir, das ist mehr, als viele Menschen vom Leben erwarten können. Ab jetzt sehe ich keinen Grund mehr, zu feiern.« In Wahrheit verbrachte er den Tag, der zum Glück nur einmal im Jahr kam, am liebsten allein, um über sein verkorkstes Leben nachzudenken.

Statt mit dreiundvierzig eine liebe Ehefrau und eine Familie sein Eigen zu nennen war sein kleines Haus leer und öde. Kein Kindergeschrei, kein glockenhelles Frauenlachen ertönte darin, nur der Fernseher leistete ihm an den langweiligen Abenden nach der Arbeit Gesellschaft. Er hatte es verdorben, es war allein seine Schuld, dass Ellen ihn vor drei Jahren verlassen hatte, und nun wollte er leiden.

Geburtstag, was war schon so besonders an diesem Tag? Jede Maus wurde geboren, und die feierten schließlich auch nicht. Nein, es gab wirklich keinen Grund für Jason Stoddard, diesen Tag festlich zu begehen.

Also beschloss er, nach dem Spätfilm einfach ins Bett zu gehen und zu schlafen. *Morgen ist ein neuer Tag, morgen habe ich keinen Geburtstag mehr,* dachte er beinahe fröhlich, als er im Bad die Zähne putzte und den dunkelgrauen Pyjama anzog, den Ellen ihm vor vielen Jahren geschenkt hatte.

Ach, Ellen. Noch heute konnte er ihren Duft riechen, wenn er das Kissen neben sich ganz fest drückte. An manchen Abenden stopfte er sich die Bettdecke so zurecht, dass er den Eindruck bekommen konnte, darunter liege eine Person. Eine weibliche Person. Ellen.

Er sah in den Spiegel und seufzte. Dreiundvierzig und gar nicht unattraktiv. Er hatte sogar einen guten Schlag bei Frauen, das war keine Frage, schließlich waren die dunkelblonden Haare noch voll und ohne graue Strähnen, und die wenigen Lachfältchen, die sich um seine blauen Augen abzeichneten, wirkten offenbar eher anziehend als alt.

Er pflegte sich und seinen Körper gründlich, auch wenn er seit drei Jahren gar nicht wusste, wozu. Wenn er es nicht versaut hätte, wäre Ellen vielleicht noch hier. Ganz sicher hätte er sie geheiratet, und wahrscheinlich hätte sie mindestens eins seiner gewünschten Kinder bereits bekommen. Sie würden abends am Bett sitzen und das Kind streicheln, sich liebevoll anlächeln und glücklich sein.

Stattdessen ging er Tag für Tag ins Büro, arbeitete bis spät in den Abend hinein und verbrachte den Rest seines Lebens auf dem Sofa und im Fernseher. Nur die Fantasien, die ihn seit vielen Jahren quälten, genoss er im Bett, mit Lektüre.

Venus im Pelz, das war sein Lieblingsbuch. Erst vor fünf Jahren hatte er diese *Abartigkeiten* für sich entdeckt, zu Ellens Entsetzen. Als er ihr vor drei Jahren gestand, wovon er träumte und sie bat, ihm den Gefallen zu tun und es einmal mit ihm auszuprobieren, hatte sie mit einem Schock reagiert. Monate später zog sie aus.

»Ich kann dir nicht geben, was du dir wünschst, Jason«, hatte sie gesagt und geweint. »Es tut mir leid, aber ich kann es einfach nicht.«

Er hatte gefleht, gebettelt, gesagt, dass es in Ordnung für ihn sei, nur in seiner Fantasie diese merkwürdigen Gelüste auszuleben, die ihn verfolgten, aber sie war hart geblieben und gegangen.

Im Bett las er in einem modernen Roman über einen Mann, der von seiner Frau zum Sklaven erzogen wurde.

Sein Glied regte sich und wurde steif, während er las, und er mochte diese Anregung sehr, die in einsamer Onanie gipfelte. Es war kein Problem für ihn, er vermisste den Sex mit Frauen nicht. Zumindest nicht den normalen Sex. Nach Ellen hatte er gar nicht erst den Versuch gemacht, eine andere Frau kennenzulernen, wozu auch? Wem würde er denn von Anfang an gestehen können, wovon er heimlich träumte, um darauf zu hoffen, dass er eine Frau fände, die diesen Gelüsten ebenso zugetan war?

Er vertiefte sich wieder in das Buch und las davon, wie der Mann von seiner Frau gedemütigt und gezwungen wurde, ihr beim Sex mit anderen Männern zuzusehen. Der Autor schilderte seine Erlebnisse sehr authentisch, angeblich war es ein wahres Buch, doch Jason konnte sich nicht vorstellen, dass jemand so etwas tatsächlich erleben durfte. Aber die Fantasie, die war geil, sie war anregend und sie half ihm dabei, sich den einsamen Abend seines Geburtstages ein wenig zu versüßen.

Er griff in seinen Schritt und rieb unter der Pyjamahose an seinem Schaft, der sich immer mehr versteifte, während er weiterlas. Einige Stellen las er zweimal, dreimal, wenn sie ihn besonders erregten, andere überblätterte er, um schneller an die Sätze zu kommen, die etwas in ihm auslösten.

»Sieh zu, wie sie mich ficken, du elender Wurm. Siehst du, wie ihre großen Schwänze mich durchpflügen? Das könntest du nie mit deinem winzigen Schlappschwanz, mich so vögeln wie sie es tun. Oh ja, es ist so gut, zwei so geile Schwänze in meiner Fotze zu spüren, es macht mich geil, ich komme gleich, sieh mir zu wie ich komme, du Versager!«

Er war hart geworden beim Lesen und befeuchtete seine Hand mit ein wenig Speichel, dann schob er die Vorhaut weiter zurück und streichelte sich, drehte das Glied zwischen seinen Fingern und kitzelte die Hoden mit dem kleinen Finger. Er stellte sich vor, Ellen hätte ihm seine Wünsche gewährt, nur einige davon, und er hätte ihr zusehen können beim Sex mit anderen Männern.

Er sah ihren schlanken Körper vor sich, nackt und wollüstig aufs Bett geräkelt, während zwei junge, gut trainierte Männer mit riesigen Schwänzen sie verwöhnten wie eine Göttin. Er liebte ihren Gesichtsausdruck, wenn sie erregt war, und da es sie immer am meisten erregt hatte, wenn er sie leckte, konnte er ihn selten wirklich genießen. Nun war es anders. Einer der Männer steckte in ihrer zierlichen, feuchten Muschi, der andere kniete zwischen ihren Beinen und leckte ihren Kitzler. Ellen verdrehte die Augen und stöhnte gierig. Jason konnte ihre Gefühle miterleben, er versetzte sich in sie hinein und genoss mit ihr die ungeheure Lust, die die anderen Männer ihr bereiteten, während er weiter an sich rieb und rubbelte.

Er zögerte es heraus, wie immer wollte er noch lange nicht kommen, sondern die sanfte Erregung genießen, die er sich selbst verschaffte mit den Händen und mit seiner Fantasie, die so real war, dass er die Lust der drei Menschen im Schlafzimmer riechen konnte.

Ein lautes Klirren von unten riss ihn aus seiner Wollust, das Buch fiel aus seiner Hand. Ganz klar, jemand hatte mit einem lauten Klirren die Scheibe der Terrassentür zerbrochen! Ein Einbrecher!

Seine Erektion verschwand im Angesicht der Bedrohung, er blieb wie erstarrt im Bett sitzen. Sein Herzschlag beschleunigte sich. Natürlich, er musste ja damit rechnen, sein Freund George, der Polizist war, hatte ihn oft genug gewarnt. So ein einsam gelegenes Haus und keine Alarmanlage, das war grob fahrlässig. Nun war es so weit und er wurde ausgeraubt.

Was könnte der Einbrecher unten finden? Vielleicht wäre er mit seiner Geldbörse zufrieden, die in der Manteltasche steckte? Rund zweihundert Pfund waren darin, nicht gerade das, was man eine große Ausbeute nach einem Einbruch nennen konnte. Er hatte keine

Wertgegenstände, es gab keinen Schmuck, kein silbernes Besteck, nichts. Das Wertvollste im Wohnzimmer war wahrscheinlich der riesige Fernseher, den er sich vor zwei Jahren gegönnt hatte, und ob ein Einbrecher dieses Monstrum durch die Nacht wegtragen würde, war fraglich.

Leider lag auch sein Handy unten in der Küche. Nicht einmal die Polizei konnte er alarmieren! Am besten einfach liegen bleiben und warten, dass er wieder abhaut. Wenn er Glück hatte, würde sich der Typ damit begnügen, ein paar Dinge mitzunehmen und dann zu verschwinden.

Er wagte kaum zu atmen und lauschte den Geräuschen, die aus dem Wohnzimmer nach oben drangen. Schubladen wurden aufgezogen und zugeknallt, er hörte Schritte. Doch sie klangen nicht wie die Schritte von derben Männerstiefeln, sondern wie ... Absätze. Hohe Absätze.

Irritiert strengte er sich an, um besser zu hören, und dann näherte sich das leise Klackern. Es war eine Frau, eindeutig, und sie kam die Treppe hoch. Zu ihm!

Jasons Puls beschleunigte sich noch mehr und ihm wurde schwindelig. Eilig löschte er das Licht der kleinen Nachttischlampe, kroch unter die Decke und kniff die Augen zu. Er würde einfach so tun, als schliefe er. Das hatte er in einigen Kriminalfilmen gesehen, und es war besser, als sich der Gefahr zu stellen. Eine Frau! In hochhackigen Schuhen! In welchem Film hatte er so etwas schon gesehen? Welche Frau würde denn in unbequemen Pumps, in denen man kaum flüchten konnte, einen Einbruch begehen? Er schüttelte den Kopf unter der Decke und lauschte weiter.

Dann hörte er, wie die Schlafzimmertür aufgeschoben wurde. Sein Herz klopfte bis in die Schläfen, seine Hände wurden eiskalt und steif. Jetzt nur nicht bewegen!

Mit einem Ruck wurde die Bettdecke von ihm gezogen und es wurde kühl. Er schlief immer bei offenem Fenster, auch im Herbst, weil er die frische Luft brauchte. Jason schnappte nach Luft und riss die Augen auf. Nun konnte er sich nicht mehr verstecken, er musste der Gefahr ins Auge sehen und sich wie ein Mann verhalten.

Die Frau vor ihm lächelte unter einer schwarzen Latexmaske, die ihr halbes Gesicht verdeckte. Nur helle grüne Augen blitzten unter zwei Schlitzen hervor, und unter der Maske, auf deren Kopf zwei Katzenohren prangten, grinste ihn ein voller, sinnlicher Mund an.

Ihr schlanker Körper steckte in einem schwarzen, glänzenden Latexanzug, der die Kurven betonte und ihren festen, großen Busen beinahe obszön wirken ließ. Die langen, schlanken Beine wurden von kniehohen Stiefeln gefasst, die spitz und vorn geschnürt waren. Tatsächlich hohe Absätze. Was zum Teufel ging hier vor?

Jason setzte sich im Bett auf und blinzelte irritiert.

»Kein Wort«, sagte die Frau mit einer sehr dunklen, rauchigen Stimme, die ihm eine Gänsehaut über den Körper jagte. »Kein Wort, sonst muss ich dich knebeln.«

Sie lächelte freundlich bei den Worten, wie eine Verkäuferin, die sich gerade höflich nach seinen Wünschen erkundigt hatte. Jason atmete schwer, er hörte sich selbst keuchen.

Sie holte einen großen dunklen Arztkoffer hinter ihrem Rücken hervor und öffnete ihn. Die Ösen klackten laut in der Stille des Schlafzimmers und ließen seine Hände kribbeln.

Wortlos holte sie ein paar Lederriemen aus dem Koffer und kam näher. Er konnte das Latex riechen, der Geruch von Gummi und Talkumpuder drang in seine Nase und ließ ihn erschreckt aufstöhnen. Noch nie hatte er dieses kostbare Material gespürt oder gerochen, bislang gab es das nur in seiner Fantasie und auf einigen wenigen Bildern, die er im Internet gefunden hatte. Jason mochte keine Pornofilme, er las lieber und genoss das eigene Kopfkino, angeregt von den Fantasien anderer Menschen, die diese zu Papier gebracht hatten. In Filmen wurde ihm zu plakativ, zu drastisch die Wirklichkeit vorgeführt, die oft nicht annähernd so schön war wie die Fantasie.

Doch dies hier, dies war noch realer als ein Film oder eine Fotografie. Er konnte die Frau riechen, und wenn er den Arm ausstrecken würde, könnte er sie sogar anfassen. Sie beugte sich über ihn, sie war völlig unparfümiert. Ihr dezenter Körpergeruch mischte sich mit dem sinnlichen, exotischen Duft des Gummis, das ihren Körper umhüllte wie eine zweite Haut und damit elegant auf dem schmalen Steg zwischen Vorstellung und Realität balanzierte.

Das enge Latex ließ wenig Raum für Spekulationen über ihren Körper, und doch verbarg es alles. Er wurde schon wieder steif. Himmel, er wurde in seinem eigenen Schlafzimmer von einer wildfremden Frau überfallen und bekam eine Erektion! Ellen hatte Recht gehabt, er war wirklich abartig.

Mit klopfendem Herzen biss er auf seine Unterlippe und sah zu, wie die Frau seine Handgelenke mit den Lederriemen einfasste, um sie über seinem Kopf aneinander zu befestigen. Sie hatte keine Waffe, ihm nicht einmal gedroht, und es wäre vielleicht einfach gewesen, sie zu überwältigen. Seltsamerweise aber gehorchte er tonlos, aufgeregt, erregt und ängstlich, in Erwartung dessen, was sie mit ihm vorhatte.

Würde sie ihn ans Bett ketten, um dann in Ruhe sein Haus auszuräumen und die wenigen Habseligkeiten an sich zu reißen? Wozu war sie dann in dieser Aufmachung hier erschienen? Das Latex glänzte frisch und sah zum Anbeißen aus. Der fremdartige Stoff lähmte ihn, und so sah er stumm zu, wie die Unbekannte auch noch seine Knöchel mit den Lederriemen festzurrte und sie aneinander befestigte.

Bewegungslos verharrte er und wartete mit klopfendem Herzen darauf, dass sie noch etwas tat. Irgend etwas. Dass sie mit ihm sprach und sich erklärte. Soviel stand fest: Dies war kein Raubüberfall.

»Wenn du still bist, kann ich auf den Knebel

verzichten«, sagte die Frau mit rauer Stimme und lächelte kühl, während sie ein Lederband mit einem roten Gummiball dazwischen durch ihre Hände gleiten ließ. Jason erschauerte. Wie oft hatte er damit geliebäugelt und sich vorgestellt wie es wäre, so etwas zu tragen? Der Entschluss kam spontan, und so öffnete er den Mund und stieß einen Schrei aus, der eher ein klägliches Gurgeln war, denn seine Stimme gehorchte seinen Befehlen nicht mehr.

Sie lachte leise auf. »Ach so, du *willst* ihn«, sagte sie und beugte sich über ihn. Ihr Haar war unter der Latexkappe verborgen, aber der Farbe ihrer Brauen nach zu urteilen musste sie wohl dunkelhaarig sein. Jason spürte ihren warmen Atem auf seiner Haut, als sie seinen Kopf etwas anhob und das Band daran befestigte, dann raubte ihm der Gummiball die Luft.

Es fühlte sich seltsam an. Seine Zunge lag unbeweglich im Mund und hatte keinen Raum mehr, er stieß bei jedem Versuch zu schlucken gegen die Kugel. Probeweise gab er ein paar wimmernde Laute von sich und gab zischende Töne von sich, die nicht einmal er selbst verstehen konnte.

Die Frau richtete sich wieder auf und wühlte in dem großen Arztkoffer herum, ohne ihm zu zeigen, was sie herausholte.

»Ich habe darüber nachgedacht, dir auch die Augen zu verbinden, aber ich denke es ist schöner, wenn du alles siehst«, stellte sie dann fest und legte eine Ledermaske zur Seite. Jason atmete tief durch die Nase ein und riss die Augen weit auf, um nichts zu verpassen. Seine Erregung wuchs immer weiter, und wenn er an sich heruntersah konnte er die Beule in der Pyjamahose sehen. Wann würde sie die entdecken? Und vor allem – was würde sie damit anstellen?

Seine Beine kribbelten vor Aufregung, und er schluckte weiter heftig. Der ungewohnte Knebel trocknete seinen Mund aus, der Speichelfluss kam zum Erliegen, trotzdem zuckte sein Adamsapfel nervös in der Kehle.

»Dann wollen wir doch mal sehen, was du zu bieten hast«, sagte sie und zog mit einer raschen Handbewegung seine Pyjamahose bis zu den Knien herunter. Sein Glied sprang ihr halb erigiert entgegen, und Jason stöhnte unterdrückt auf.

»Na, das ist aber noch nicht ganz das, was ich mir erhofft habe. Daran müssen wir noch etwas arbeiten.« Dann legte sie einen kleinen Lederriemen, der wie ein winziger Gürtel aussah, um seine Hoden und seinen Schaft und zog ihn straff zu. Es schmerzte ein wenig, als seine Hoden eingeklemmt wurden, aber schon bald spürte er, dass sich sein Penis stärker mit Blut füllte und weiter versteifte. Das Gefühl war nicht unangenehm, aber ungewohnt für ihn, er hatte sich noch nie mit Cockringen versucht.

»Wird ja schon besser.« Sie löste die Knöpfe seines Pyjamaoberteils aufreizend langsam, bis der Stoff aufklappte und seine leicht behaarte Brust entblößte.

»Ein bisschen Sport würde dir nicht schaden«, sagte sie spöttisch und tätschelte seinen Oberkörper mit der latexbehandschuhten Hand. Jason zuckte zusammen, als das kühle, glatte Material seine Haut traf. Sofort richteten sich seine Körperhaare auf.

Sie zwirbelte seine Brustwarzen zwischen zwei Fingern, bis Jason unterdrückt keuchte.

»Oh, wer wird denn hier so empfindlich sein?«, fragte sie, bevor sie ohne weitere Vorwarnung eine metallene Klammer um seinen Nippel legte, die mit winzigen Zähnchen versehen war. Jason schrie auf, als sie zudrückte und die Klammer festzog. Sie biss in seine empfindliche Brustwarze und löste einen stechenden Schmerz aus, der einem Pulsieren wich, als sich seine Nerven daran gewöhnt hatten. Wie ein Stromschlag schoss die Erregung von seiner Brustwarze in seinen Schwanz, der nervös zuckte.

Die Frau leckte sich über die vollen Lippen und betrachtete kurz ihr Werk. Dann zeigte sie ihm ein kleines metallenes Rad, das voller dünner Nadeln war.

Jason wand sich in den Fesseln. Er hätte sich vielleicht sogar davon befreien können, seine Hände waren nicht einmal am Bettpfosten arretiert, aber er wollte gar nicht. Schließlich kam das Erlebnis der Erfüllung all seiner Träume und Fantasien verdammt nahe.

Langsam und vorsichtig ließ sie das Rad über seinen Oberkörper gleiten. Es kitzelte und kribbelte, die Haut rötete sich ein wenig, als sie etwas fester zudrückte, ohne ihm wehzutun. Jason wagte kaum zu atmen und starrte gebannt nach unten, auf die Latexhand, die das Rad führte, vorsichtig und beinahe zärtlich, aber doch gefährlich, letztlich würde nur ein wenig Druck genügen, um ihm heftige Schmerzen zuzufügen. Die Metalldornen strichen an seinen Brustwarzen vorbei und reizten die sensible Haut. Dann fuhren sie über seinen behaarten Bauch, umkreisten den Nabel, wo sie sich etwas tiefer in seinen Körper bohrten und einen kratzenden Schmerz verursachten, wie lange, spitze Fingernägel, die sich an ihm festklammern wollten.

Jason stöhnte auf unter dem Knebel und schloss die Augen. Sein Kopf sank erschöpft auf das Kissen, während er das Wechselbad der Liebkosungen und des Schmerzes genoss. Seine Erektion wuchs immer stärker, hervorgerufen durch die Furcht vor den Schmerzen, die erregende Situation und nicht zuletzt den Lederriemen, der eng anlag und Hoden und Schaft beinahe quetschte. Seine Eichel zuckte in der Luft, steil stand das Glied von seinem Unterleib ab und ragte wie ein Mahnmal nach oben.

Dann spürte er die Nadeln des Rades an seinen empfindlichsten Stellen und hielt die Luft an. Geschickt kreiste sie mit den Spikes um seine Hoden, dann glitt sie seinen Schaft entlang nach oben und blieb kurz vor der Spitze stehen.

»Hmm«, machte sie, und Jason spürte, wie Schweißperlen auf seine Stirn traten. Sie würde doch nicht

...? Er gab unterdrückte Laute von sich, die sie natürlich nicht verstehen konnte, aber es schien sie auch nicht zu interessieren. Konzentriert beugte sie sich über seinen Schoß und betrachtete ihre eigene Hand in dem schwarzen Latexhandschuh, die das Rad führte. Ein unbedachtes Zucken würde ausreichen, um Jason grausame Schmerzen zuzufügen, also traute er sich nicht einmal mehr sich auch nur ansatzweise zu bewegen. Stocksteif lag er da und konzentrierte sich, atmete tief in seinen Bauch, und hoffte auf die Gnade der Fremden.

Die Spitzen kribbelten nun auf seiner Eichel, sein Schwanz pulsierte vor Lust und Anspannung. Ganz sacht ließ sie das Rad auf seiner Kuppe kreisen, dann glitt sie wieder den Schaft entlang nach unten, wobei sie etwas fester zudrückte, und verwöhnte seine Hoden mit den Nadeln. Jasons Körper war in Schweiß gebadet, seine Beine waren steif wie Bügelbretter und in seinen nach oben gebundenen Armen tanzten tausend Ameisen.

Ohne ein Wort zu sprechen legte sie das Rad zur Seite und holte wieder etwas aus dem Arztkoffer. Jason konnte nicht sehen, was sie da tat, er schloss atemlos die Augen, um sich auf ihr Spiel einzulassen. Überraschung.

In seinem Schwanz pulsierte das Blut, seine Hoden waren prall gefüllt und drängten nach Erlösung, doch er wollte das jetzt genießen. Das Erlebnis überstieg seine Fantasie bei weitem, in seinen Augen brannten schon Tränen. Konnte man vor Lust weinen?

Dann beugte sie ihren perfekten Latexkörper über seinen Schoß, und es wurde kalt. Eiskalt. Er spürte ihre Lippen, die sich um seine Erektion legten, und Eis oder was auch immer es war in ihrem Mund. Minze, ein eisiger Hauch bedrohte seine Härte, dann lösten sich die Lippen von ihm, um sich kurz darauf erneut um ihn zu schließen, diesmal gefüllt mit prickelnder Hitze.

Jason stöhnte wieder und zerrte an den Lederriemen um seine Handgelenke. Er wollte nach unten greifen und ihren Kopf halten, sie dirigieren, aber sie machte keine Anstalten, seinen gierigen Schwanz zu blasen. Nur wenige Male glitt ihr Mund an seinem Schaft auf und ab, leckte ihre heiße Zunge über seine Eichel, aus der sich jetzt erste Tropfen lösten.

Seine Beine fingen an zu zittern, normalerweise zog er sie immer an sich heran, wenn er onanierte, doch seine Knöchel waren fest miteinander verbunden und ließen ihm keine Chance.

»Jetzt sieht er gut aus«, sagte sie mit ruhiger Stimme und rieb mit der behandschuhten Hand rau und fest an seinem Steifen, bis es beinahe schmerzte. Dann stand sie auf und blieb neben dem Bett stehen, wo sie einen Reißverschluss im Schritt ihres Latexanzuges aufzog. Jason atmete tief durch die Nase ein und röchelte unter seinem Knebel, als sie ihre blank rasierte Spalte entblößte. Ein kleiner silberner Ring ging durch ihre Klitoris, an dem ein Kettchen befestigt war, das zwischen ihren Beinen verschwand.

Sie hockte sich über Jasons Gesicht, bis ihr Geschlecht genau über ihm lag. Er atmete ihren Duft ein, sie roch nach Moschus und Lust, feucht, zwischen ihren Labien glitzerte die Wollust. Sie stülpte einen schwarzen, glänzenden Dildo auf die Gummikugel zwischen seinen Lippen und befestigte ihn, dann sah Jason aus nächster Nähe, wie der Silikonpenis ihre Schamlippen durchzwängte, bevor sie sich darauf fallen ließ und ihre Pussy auf ihn spießte.

Er konnte nicht atmen, weil sie ihren Körper so weit über ihn lehnte, dass ihr Venushügel ihm die Luft nahm, dann fing sie an, auf dem Plastikdildo zu reiten. Das Latex rieb an seinem Gesicht und machte klatschende Geräusche, ihre Bewegungen wurden heftiger und schneller, und sie befriedigte sich selbst an ihm, an seinem Mund.

In seinem Schwanz kochte das Blut, er hörte seinen eigenen Puls zwischen den Ohren rauschen, ihren Atem, der sich beschleunigte und keuchender wurde. Ihr verhaltenes Stöhnen erregte ihn noch mehr, und die Tatsache, dass sie ihm mit ihrem Ritt auf seinem Gesicht die Luft abschnürte, ließ ihn beinahe ohnmächtig werden.

Sie blieb auf dem Dildo sitzen und richtete sich auf, sodass er zumindest wieder durch die Nase atmen konnte. Er spürte ihre Nässe und ihre weiche Haut an seinen Lippen und seinem Kinn, dann konnte er der Versuchung nicht länger widerstehen und fing an, Stoßbewegungen mit seinem Kopf zu machen. Die Frau saß nun aufrecht auf ihm und stützte sich mit den Beinen auf dem Bett ab, ließ den schwarzen Dildo aber nicht aus ihrer feuchten Möse rutschen.

»Das machst du gut, fick mich weiter damit«, sagte sie keuchend, und er bemühte sich, das Kinn schneller zu heben, um sie ordentlich zu stoßen. Sie beugte den Oberkörper nach hinten, dann wurde es kalt und nass zwischen Jasons Pobacken. Offenbar hatte sie ein Gleitmittel dort verteilt, das langsam einzog und zum Teil zu versickern schien.

»Mach weiter, fester«, feuerte sie ihn an, und Jason atmete tief ein, während er sie weiter mit dem Munddildo nahm. Die Frau spreizte seine Oberschenkel, dann glitt ein kalter, metallener Gegenstand zwischen seine Backen und durchdrang die faltige Enge, den winzigen Widerstand, den er zu bieten bereit war. Etwas angenehm Großes füllte ihn aus, er musste sich anstrengen, um es in sich zu behalten. Die eisige Kälte schwand allmählich, als das Ding seine Körperwärme annahm.

Es war ein Plug oder ein Dildo, das konnte er nicht genau ausmachen, und während er sie weiter mit dem Plastikpenis stieß, schob sie das unbekannte Ding immer tiefer in ihn hinein, bis es einen Punkt erreichte, an dem Jason sich aufbäumte und weitere Tropfen unwillkürlich seine Eichel verließen.

Mit einem schmatzenden Geräusch stieg sie von dem Silikondildo, er konnte für einen kurzen Moment mitten hineinsehen in ihre rasierte Muschi, in die er nun zu gern eindringen würde.

»Nmmm mchhh«, gurgelte er durch den Knebel, doch sie lachte nur und ließ den künstlichen Penis auf seinem Gummiball stecken. Er triefte und glitzerte von ihrer Nässe und trieb den Moschusduft ihrer Scham direkt in seine Nase.

Sein Schwanz zuckte wieder, als sie sich über ihn beugte und an dem Ding in seinem Anus zog, es hin und her schob, bis er sich wieder in den Fesseln wand und unverständlich um Erlösung wimmerte.

Sie drehte sich auf ihm herum und schob ihr Becken wieder über sein Gesicht, bis ihre Muschi direkt vor dem aus seinem Mund herausragenden Penis landete. Sie spreizte die Beine und rieb sich an dem Gummi, er konnte nichts tun als den Kopf ruhig zu halten und ihr dieses Vergnügen zu ermöglichen. Er sah zwischen ihre Pobacken, wo sich das schwarze Latex in einem breiten Schlitz auftat und die helle Haut entblößte, die sich darunter verbarg, lauschte ihrem leisen Stöhnen, während sie sich selbst an dem Ding rieb, dann massierte sie seinen Anus weiter mit dem Metallding und fickte ihn damit.

Es schmerzte ein wenig, als sie mit einer Hand an der Nippelklemme zog, die seine Brustwarze noch immer hart umklammerte, und Jason keuchte heftig. Seinen Schwanz rührte sie nicht an, obwohl er inzwischen hart wie Marmor an und die Adern darauf deutlich hervortraten. Seine Eichel war in seiner eigenen Lust gebadet und zuckte nervös ins Leere, als verlange sie danach, endlich irgendwo einzudringen.

Gleichzeitig spürte er, wie sich seine Hoden an den Körper heranzogen und sich verhärteten.

»Nnnnnggggnnn«, stöhnte er durch den Knebel, an dem sie sich noch immer rieb, immer schneller jetzt, und er bekam keine Luft, als er den Höhepunkt nahen spürte. Es war ein tiefer, langsamer Orgasmus, der sich heranpirschte wie ein Jäger, dann zuckten Wellen durch seinen Unterleib und seine Beine, die sich in der Mitte trafen und dort auftürmten zu einer riesigen Flutwelle.

»Aaaaaarrrhhhh«, schrie er gepresst, als es ihm kam und er seinen Saft kaskadenartig verspuckte, ohne dass die Frau ihn dort überhaupt angefasst hätte. Sein ganzer Körper zitterte, der Höhepunkt war tiefer und dauerte länger als alle Höhepunkte, die er bisher gehabt hatte. Das Blut raste in seinem Kopf, der sich anfühlte, als sei er innerhalb einer Sekunde aus einer Schraubzwinge befreit worden und kurz vorm Platzen, sein Herz galoppierte in der Brust, während er immer weiter und weiter zuckte, dann schob die Frau ihren Latexkörper von seinem Gesicht und stand aus dem Bett auf.

»Das nenne ich mal eine ordentliche Ladung«, sagte sie und ihre Lippen lächelten. Jason schloss die Augen und stöhnte noch einmal, diesmal vor Erleichterung. Sein Blutdruck beruhigte sich nur langsam wieder, und seine Hände schmerzten vor Taubheit.

Die Frau nahm ihm den Knebel ab, dann die Fesseln, und verpackte alles sorgfältig in ihrem Arztkoffer. Jason blieb liegen, einer Ohnmacht nahe, als sie die Nippelklemme von seiner Brust löste und ein stechender Schmerz durch seinen Körper zuckte.

Er rührte sich nicht, als sie den Lederriemen von seinem Penis nahm und dieser erschlafft zur Seite fiel.

Er machte auch keine Anstalten, aufzustehen oder sich gegen sie zu wehren, als sie ihren Koffer mit einem lauten Schnappen schloss und dicht vor ihm stehen blieb.

»Ich habe noch einen Brief für dich«, sagte sie und legte einen Umschlag auf seine Brust, dann drehte sie sich um und verließ sein Zimmer. Er hörte ihre Absätze auf der Treppe, unten im Flur, und endlich hörte er die Haustür, die zugezogen wurde.

Jason blieb noch einige Minuten still liegen und genoss die Ruhe, die seinen Körper nun erfasste. Es war, als habe er nach jahrelanger Schlaflosigkeit endlich in Frieden geruht, er fühlte sich wie frisch gebadet, entspannt und ausgeruht. Was um Himmels willen hatte das alles zu bedeuten? Vielleicht würde der Brief Aufschluss geben?

Mit zitternden Fingern nahm er ihn und riss den Umschlag auf.

»Mein lieber Jason«, stand da in einer ihm wohl bekannten Handschrift, die seinen Herzschlag gleich wieder beschleunigte.

»alles Liebe zum Geburtstag! Ich habe Lady Amila vor einigen Monaten kennengelernt und war der Meinung, dass sie vielleicht genau das richtige Geschenk für dich ist.

Sie hat mir geholfen und mich in einige Geheimnisse ihrer Zunft eingeweiht. Wenn du also noch willst, bin ich bereit, es mit dir zu versuchen, falls das Erlebnis wirklich so war, wie du es dir vorgestellt hast und dies noch immer der Weg ist, den du dir für dein Leben wünschst. Ruf mich an, wenn es so ist. In Liebe, Ellen.«

★★★

Die neue Madame

Eine ganze Horde von Ameisen tobte kribbelnd in ihren Armen und Fingern, als sie die Hand hob und auf den runden Messingknopf drückte, der sich an der Tür des vornehmen Hauses nur einige Häuserblocks von ihrem eigenen entfernt befand. Sie wartete.

Was zum Teufel war in sie gefahren, einfach hierher zu gehen? Nervös sah Lilly sich um, doch zum Glück entdeckte sie kein bekanntes Gesicht auf der Straße.

Nach kurzer Wartezeit öffnete sich langsam die Tür des alten Hauses, an dem kein Name, kein Schild verriet, was sich hinter den dunkelroten Ziegelsteinen, dem Efeu und den verhängten Fenstern verbarg. Eine junge Frau mit blonden Haaren, die zu einem kunstvollen Nest geflochten waren, sah erstaunt und neugierig auf die Besucherin, die in einem schwarzen Kostüm, hochhackigen Pumps und einem offenen, schwarzen Mantel vor der Tür stand und nervös auf der Unterlippe kaute.

»Ja?«, fragte sie und riss die blauen Augen auf, die rund und groß waren und sie wie eine kostbare Porzellanpuppe wirken ließen. Die mit Rouge kreisförmig und übertrieben bemalten Wangen formten ein Gesicht, das so rund wie es wirkte nicht sein konnte.

Lilly holte tief Luft. »Ich ... ich möchte zu Madame Cassandra«, sagte sie und spürte, wie ihre Lippen sich zu einem schiefen Lächeln verzogen, während sie den Regenschirm zuklappte.

Das Mädchen grinste. »Haben Sie einen Termin?«, fragte sie.

Lilly schüttelte den Kopf.

»Nein, sie hatte sich auf meine Anfrage nicht gemeldet, da dachte ich, ich komme einfach mal ...« Die Blonde wölbte die Unterlippe vor und zog die Nase kraus.

»Oh, das ist nicht gut. Madame Cassandra empfängt ihre Besucher nur mit Termin. Worum geht es denn? Dann kann ich sie ...«

»Fernanda, lass die Dame herein«, ertönte eine dunkle, raue Stimme hinter dem Mädchen, das sofort zusammenzuckte und den Kopf neigte, bevor sie die Tür ganz öffnete und eine einladende Handbewegung machte.

Sie trug ein schwarzes, kurzes Kleid mit einem weißen Spitzenkragen und geschnürte Stiefel, die bis zum Knie reichten und winzig wirkten, wie aus einer anderen Zeit. Das Kleid war eng und betonte die mädchenhafte Figur, die jede weibliche Kurve vermissen ließ.

»Bitte«, sagte sie, und Lilly folgte der Handbewegung dankbar.

Madame Cassandra stand im Türrahmen des hinteren Zimmers am Ende eines langen Flures, der mit wunderschönen Fotografien der selben Dame verziert war, die in verschnörkelten Rahmen an den weißen Wänden hingen.

Sie war größer als sie es anhand der Bilder im Internet erwartet hatte, und der strenge Mund zitterte durch unverhohlenes Amüsement. Eine Hand war lässig gegen den Rahmen gelehnt, in der anderen hielt sie eine Zigarette, die nur noch kurz war und fröhlich weiße Rauchschwaden hinterließ.

»Ich bin Lilly«, stellte sie sich vor und ging langsam und andächtig durch den langen Flur über den mit einem handgeknüpften Teppich belegten Parkettboden, der alt und stumpf war und unter ihren Schritten knarrte. Die Dame nickte.

»Ich weiß. Sie haben mir ja geschrieben. Kommen Sie rein!«

Fernanda schloss die Tür und verschloss sie mit zwei altmodischen Riegeln, die oben und unten angebracht waren. Das Geräusch des einrastenden Metalls jagte Lilly einen Schauer über den Rücken, doch sie ließ sich ihre Unsicherheit nicht anmerken und ging so aufrecht und stolz wie möglich auf die Frau am Ende des Flures zu, ohne ihren Blick nach rechts oder links abschweifen zu lassen.

Madame Cassandra hatte sich umgedreht und wandte sich einem riesigen Glastisch zu, auf dem eine Flasche Cola und ein angebissenes Brötchen lagen, um ihre Zigarette in einem überquellenden Aschenbecher auszudrücken.

»Setzen Sie sich«, ermunterte sie die Besucherin und deutete mit dem Kopf auf einen der Designerstühle aus Plexiglas, die modern und unbequem aussahen. Lilly zog ihren Mantel aus und legte ihn sich über den Schoß, nachdem sie Platz genommen hatte. Fernanda tänzelte bemerkenswert lautlos in das Nebenzimmer und zog die Türe hinter sich zu.

Madame Cassandra musterte Lilly ernst, aber nicht unfreundlich, und ließ sich auf einem gepolsterten Stuhl mit sehr hoher Rückenlehne am Kopf des Tisches nieder.

»Was führt Sie zu mir? Die Neugier? Die Suche nach dem Ungewöhnlichen? Was erwarten Sie von mir?«

Sie hörte die Worte wie durch einen Wachspfropfen. Was hatte sie sich nur gedacht bei diesem Besuch? Sie wagte kaum, die hohen Wände des Zimmers anzusehen, an denen kunstvolle Fotografien pornografischer Art hingen, überdimensional groß in elegantem schwarz-weiß gehalten. Ein modernes Ecksofa aus schwarzem Leder, das einige Risse aufwies, stand neben einem breiten, schwarzen Lackschrank, dessen Türen mit einem Vorhängeschloss versiegelt waren.

»Ich möchte von Ihnen lernen«, sagte sie leise und wagte kaum, die Dame anzusehen, die ihr jetzt auf dem thronähnlichen Stuhl so unberührbar vorkam wie der Papst.

Madame Cassandra lachte heiser und schlug die Beine elegant übereinander, zündete sich erneut eine Zigarette an und hielt Lilly die offene Schachtel hin.

»Möchten Sie?« Dankbar griff sie danach, nahm mit zitternden Fingern eine Zigarette heraus und ließ sich von der Madame Feuer geben.

Die Domina trug ein schwarzes Kostüm, ihrem eigenen ganz ähnlich, mit einem engen, knielangen Rock und schlichte, schwarze Pumps mit unglaublich hohen Absätzen. Um den Hals wand sich wie eine Schlange ein Bband aus gedrehtem Leder, an dem vorn ein kleiner silberner Anhänger mit einem Buchstaben hing. Der Rand einer Tätowierung lugte vorsichtig unter dem Kragen des Kostüms hervor und erregte ihre Fantasie.

»Was genau möchten Sie von mir lernen?«, fragte sie und musterte Lilly mit wachen Augen. Unruhig rutschte sie auf dem unbequemen Stuhl hin und her, der so schmal war, das selbst ihr kleiner Po kaum genug Platz darauf fand um bequem sitzen zu können.

»Ich habe vor einiger Zeit meine dominante Ader entdeckt«, sagte sie und blies den Rauch durch die Nase aus. »Und was ich bisher erleben durfte, genügt mir nicht, ich will mehr wissen, ich will lernen, ich will wissen, wie es wirklich ist, einen Mann zu dominieren, ich will jemanden körperlich züchtigen und erfahren, ob es das ist, was ich mir wünsche, ob es das ist, was das plötzlich ausgebrochene Fieber in mir senken kann.«

Sie verstummte und hob den Kopf, um den unnachgiebigen Blick der Domina zu erwidern. Deren scharfe Lippen verzogen sich zu einem vorsichtigen Lächeln.

»Nun«, sagte sie und verschränkte die Arme vor der Brust. »Sie haben eine gute Ausstrahlung, aber Sie müssen wissen, dass wir hier keine Mädchenspiele spielen mit unseren Klienten. Dies ist ein richtiges Studio, eines der besten in London, das darf ich so sagen, und wir sind bekannt für unsere Spezialbehandlungen, die es in sich haben.«

Sie sog an der Zigarette und musterte Lilly nachdenklich. »Ich könnte eine zusätzliche Domina gut gebrauchen. Eine Jungdomina, sozusagen, denn die Klienten wissen meine Dienste zu schätzen und ich kann nicht mehr allen Wünschen gerecht werden. Wenn es Ihnen Ernst ist und Sie nicht nur eine eifersüchtige Ehefrau sind, die meine Anschrift in der Geldbörse ihres Mannes gefunden hat, können Sie sich gern hier umsehen und entscheiden, ob Sie das Abenteuer eingehen wollen.«

Lillys Herz klopfte bis zum Hals. Fernanda schob das runde Gesicht durch die Tür zum Nebenzimmer und räusperte sich.

»Madame? Monsieur Miller kommt in einer halben Stunde zu seinem Termin, soll ich oben etwas vorbereiten?«

Madame Cassandra drückte die Zigarette wieder aus und erhob sich. »Bitte. Und Sie – wenn Sie möchten, können Sie mir zusehen. Monsieur Miller ist ein einfacher Klient, er mag keine zu harte Behandlung und wird Sie nicht verschrecken. Er mag Zuschauer. Wenn Sie sich trauen, folgen Sie Fernanda.« Sie verließ das Zimmer durch den Flur und ging die alte Holztreppe hinauf, die unter ihren Absätzen ächzte.

Fernanda betrachtete sie grinsend.

»Sie wollen hier arbeiten?«, fragte sie und griff unbeholfen an ihr Kleid, um es ein Stück herunterzuziehen. »Ich bin Fernanda, die Zofe von Madame.«

Sie machte einen angedeuteten Knicks und senkte den Kopf. Lilly lächelte. Sie unterdrückte das Bedürfnis, die Hand auszustrecken und dem blonden Mädchen über die Haare zu streichen. Sie weckte seltsamerweise Muttergefühle in ihr.

»Lilly«, sagte sie und erhob sich von dem Stuhl, den langen Mantel über dem Arm. Ihr ganzer Körper wurde von einem Schüttelfrost erfasst, als sie dem Mädchen folgte, dessen winzige Porundungen sich unter dem engen Kleid deutlich abzeichneten.

»Kommen Sie, keine Angst«, sagte sie und drehte sich lächelnd um, als Lilly am Fuß der Treppe zögernd stehen blieb.

Worauf hatte sie sich hier eingelassen? Es war mitten am Tag, trotz der Vorhänge und des Regens drang Licht in den Flur, normale Menschen waren jetzt im Büro, bei der Arbeit oder kümmerten sich um ihre Familie. Und sie trieb sich in einem Dominastudio herum, von dem sie nichts wusste, nicht einmal ahnte, was sie hier erwartete. Was war nur in sie gefahren?

Ihre Hände klammerten sich fest um das Holzgeländer, von dem der Lack abgesplittert war. Ihre Knöchel traten weiß hervor und erinnerten sie an die Haut ihres Mannes, wenn nach dem Urlaub die britische Blässe unter dem Sonnenbrand wieder hervortrat. Der Mantel im Arm war plötzlich so schwer wie eine Röntgenschürze.

Trotzdem folgte sie wie in Trance dem jungen Mädchen, das behände die Treppe hinauflief, mit zitternden Knien und einem riesigen Kloß im Magen, Aufregung und Erregung wechselten sich ab.

Sie hatte bisher nur auf Bildern gesehen, was eine Domina mit ihren Klienten tat, nun sollte sie zum ersten Mal in ihrem Leben leibhaftig Zeugin werden einer Erziehung, einen Mann dabei beobachten, wie er sich von der strengen Herrin züchtigen ließ. Ihr wurde übel, sie musste mitten auf der Treppe stehen bleiben und tief durch den Mund einatmen, um sich genug Sauerstoff zu verschaffen.

Fernanda war aus ihrem Blickfeld verschwunden, sie beeilte sich, ihr zu folgen, um nicht allein auf der Treppe zu stehen, wenn der angekündigte Kunde kam.

Die obere Etage war mit schwarzen und dunkelroten Tapeten verkleidet. Ein riesiger Kronleuchter warf schummriges Licht in den großen Vorraum, der wie eine Lichtung inmitten der vielen Türen lag.

Auch hier stand ein Ledersofa, es war neuer und kleiner als das Ecksofa unten, und auf einem kleinen Glastisch davor lagen Zeitschriften und Bildbände, von deren Titeln ängstlich aufgerissene Augen und Münder sie anstarrten, rasselnde Ketten und stabile Lederfesseln. Sie drückte den Mantel fest an sich und rief.

»Hallo? Fernanda?« Die blonde Frau steckte den Kopf durch eine Tür und winkte ungeduldig. »Kommen Sie, kommen Sie. Sie müssen sich umziehen«, sagte sie und zog sie hinein in das Zimmer, das höher war als lang und wie eine Zelle wirkte. Ein großer Kleiderschrank und zwei Stühle waren das einzige Interieur, an der Wand war ein riesiger Spiegel angebracht.

»Sie sind ja so schön schlank, da finden wir sicherlich etwas Passendes in Madames Schrank«, sagte das Mädchen lächelnd und nahm ihr den Mantel aus der Hand, um ihn über einen Stuhl zu hängen.

Ihr Herz raste jetzt so schnell, dass sie sicher war, gleich das Bewusstsein zu verlieren. Warum sollte sie sich umziehen? Sie war doch nur als Zuschauerin eingeplant, sollte sich ansehen, wie Madame ihre Arbeit verrichtete, aber offenbar wurde mehr von ihr erwartet. Panik ließ ihren Puls hochschnellen.

Fernanda schob Kleider und andere Kleidungsstücke im Schrank herum und murmelte dabei, dann erhellte sich ihr Gesicht und sie drehte sich mit einem Kleiderbügel in der Hand triumphierend um.

»Hier! Das dürfte das Richtige sein!« An dem ausgestreckten Arm hielt sie ihr ein schwarzes Kleid aus einem glänzenden Stoff, der kein Latex war, unter die Nase. »Sie können eine Maske tragen, wenn Sie fürchten, erkannt zu werden«, sagte sie und deutete auf ein Regal im Schrank, in dem filigrane Masken aus Leder, Stoff und Metall lagen.

»Suchen Sie sich eine aus. Ich hole Sie gleich wieder hier ab.« Das Mädchen nickte mit dem Kopf und huschte aus dem Zimmer.

Sie war allein. Jetzt war die Möglichkeit, den Mantel wieder anzuziehen und zu verschwinden, doch ihre Füße gehorchten nicht und wollten nicht fort von hier. Neugier und Vernunft lieferten sich einen Ringkampf, in dem es keinen Sieger zu geben schien, Angst und Erregung wirbelten umher wie tobende Katzen, und sie verließ sich auf ihren Körper, schlüpfte aus dem teuren Kostüm und hinein in das schwarze Lacklederkleid, das zu eng war für ihren Busen und ihn obszön nach oben drückte.

Wie zwei pralle Pobacken sahen ihre Brüste aus, nachdenklich betrachtete sie sich im Spiegel und drehte sich. War das die Lilly, die sie kannte? Das Flackern in den hellen Augen verriet die Anspannung, aber die geröteten Wangen zeugten von Neugier und Erregung, und scheinbar behielten sie die Überhand.

Sie nahm eine schmale, schwarze Maske aus feinem perforiertem Leder aus dem Schrank und schob sie auf ihre Nase. Sie konnte sich kaum selbst erkennen, ihre Augen stachen zwischen den feinen Riemen hervor, ihre Nase wurde von dem kunstvoll gefertigten Muster bedeckt. Entschlossen knotete sie das Satinband am Hinterkopf zusammen, zog ihre Schuhe wieder an und ging in den Flur hinaus, in dem die Zofe schon wartete.

Ihr Gesicht erhellte sich, als sie Lillys Kostümierung sah.

»Prima«, lobte sie. »Sie sehen großartig aus!«

Lilly lachte, dankbar für das Kompliment, das sie sicherer machte, und spürte, wie ihre Unsicherheit der Neugier Platz machte. Sie folgte dem Mädchen durch den Flur und betrat das so genannte Spielzimmer.

Atemlos blieb sie in der Tür stehen und riss die Augen auf. Das Mädchen zündete mit einem langen Feuerzeug Kerzen in dem abgedunkelten Raum an, der sich so langsam mit flackerndem Schein erhellte. Die schwarzen Vorhänge an den hohen Fenstern ließen kein Licht von außen eindringen. Die Decke war sehr hoch und trug keine Lampe, dafür üppige Verzierungen aus Stuck, die bei näherem Hinsehen Faune und Pans mit überlangen, erigierten Penissen und nackte Nymphen zeigten, antike, griechische Motive, die sie erregten.

In einer Ecke war ein schwarzer Bock aus Holz und Leder aufgestellt, mit Lederschlaufen oben und unten. Ein riesiger Vogelkäfig mit messingfarbenem Gitter war an einer langen Kette unter der Decke aufgehängt, ruhig schwebte er im Raum, und sie würde ihn gern anschubsen und zusehen, wie er langsam quietschend in Bewegung setzte.

Eine große, schwarze Matratze aus Gummi lag am Boden, an ihr waren ebenfalls Lederriemen angenäht. Verschiedene Gerten und Peitschen hingen an der Wand wie in einer Ausstellung der Qual, und sie suchte verstohlen nach den kleinen Beschriftungen, die dem Besucher verraten könnten, worum es sich hier handelte.

Die hohen Wände waren mit übergroßen Ölgemälden verziert, von denen strenge Herrinnen herabsahen, auf einem der Bilder erkannte sie Madame Cassandra und ihren unnachahmlichen Mund mit der tiefen Kerbe in der Oberlippe, die so streng wirkte.

»Warten Sie hier«, sagte Fernanda, nachdem sie den Sitz der Riemen an dem schwarzen Bock überprüft hatte. »Madame wird gleich kommen.«

Ihre Absätze klapperten auf dem Holzboden, als sie in den Flur ging und Lilly allein zurückließ.

Neugierig wanderte sie von einem Objekt zum anderen, glitt prüfend mit den Fingern über das raue Leder, dessen Geruch den ganzen Raum erfüllte, öffnete einen kleinen, schwarzen Lackschrank, in dem sie verschiedene Öle und Gleitmittel fand, Kondome, Latexhandschuhe und ein paar Kästchen, in die sie lieber nicht hineinschauen wollte.

Die Erregung pochte jetzt unmissverständlich zwischen ihren Beinen und sie richtete die Brüste, die ständig aus dem zu engen Kleid herauswollten.

Als sich die Tür hinter ihr öffnete und Licht von außen hereinließ, zuckte sie wie ertappt zusammen und fuhr herum.

Madame Cassandra trug ein schwarzes Kleid aus einem glänzenden Stoff, es war hochgeschlossen und zeigte keinen Quadratzentimeter ihrer Haut. Die langen Ärmel endeten in Handschuhen, und das Kleid bedeckte ihre Knie, so dass nur die spitzen Stiefeln mit den silbernen Schnallen zu sehen waren, die unglaublich hohe, wie Stricknadeln schmale Absätze hatten.

»Sie haben es wirklich getan«, sagte sie, und sie hörte so etwas wie Anerkennung in der tiefen Stimme. »Sie müssen neugieriger sein, als ich zunächst dachte. Nehmen Sie neben dem Thron Platz.«

Lilly ging zu dem großen, antiken Stuhl, der an Kitsch eines Ludwigs erinnerte, bis auf das runde Loch in seinem Sitz, dessen Bedeutung sie sich nur vorstellen konnte. Neben dem prächtigen, mit Schnitzereien verzierten Thron stand ein schlanker Stuhl aus schwarzem Leder, der höher war als normale Stühle, sodass sie nur mit den Zehenspitzen auf den Boden kam. Plötzlich fühlte sie sich klein.

»Sie müssen nichts tun«, sagte Madame Cassandra und ging zu einem breiten Holztisch, der merkwürdige Schrauben an beiden Enden hatte und mit dunklen, großen Metallringen versehen war. »Seien Sie einfach nur da und sehen Sie sich meine Behandlung an. Vergessen Sie alles, was Sie über Dominas gesehen oder gelesen haben, jede Domina ist anders und ich habe meinen ganz eigenen Stil. Und vergessen Sie Ihre eigenen Vorlieben, der Klient ist der König, und was er wünscht, werden wir ihm geben.

Wir erfüllen Träume, leben Fantasien, sind Psychologen und Krankenschwestern. Wenn es Ihnen zu viel wird, gehen Sie bitte einfach still und leise, ohne uns zu stören. Und gehen Sie bitte unbedingt, bevor Sie ohnmächtig werden oder sich übergeben müssen, das würde meine Session zerstören.«

Sie schluckte und presste den Po so fest gegen die Rückenlehne wie sie konnte. Ihre Hände waren feucht und kalt, und sie war plötzlich gar nicht mehr sicher, ob sie hier richtig war, ob sie sich nicht zu viel zutraute, ob sie bereit war dafür und sehen wollte, was sie begehrte. Manche Dinge sind in der Vorstellung einfach schöner als die Realität.

Mr Miller betrat den vorbereiteten Raum mit der gebotenen Demut und verbeugte sich tief vor Madame Cassandra, deren Hand er mit den Lippen nur streifte.

»Madame, es ist mir eine Ehre«, sagte er leise, und seine Herrin dankte ihm die Ehrfurcht mit einem kalten Lächeln. Lilly zog erschauernd die Schultern zusammen und zwinkerte durch die Maske, die ihr Blickfeld einschränkte, dafür einen angenehmen Schutz für sie selbst bot.

Der Mann war schlank und relativ klein, Madame überragte ihn um eine ganze Kopflänge, was nicht nur an ihren verboten hohen Absätzen lag. Er war etwa Ende dreißig, das kurze Haar war an den Seiten schon etwas grau geworden, und seine Haut war blass wie Papier.

Sein Anzug wirkte teuer und maßgeschneidert, aber die braunen Augen verrieten, das tief in ihm eine sensible Seele steckte. »Da ist ja mein Sklave«, sagte die Domina mit kühler Stimme und wies den Mann durch eine Kopfbewegung auf den Lederbock hin, zu dem er bereitwillig trabte. Lilly schlug die Beine übereinander und lehnte sich im Stuhl zurück, was dazu führte, dass ihre Füße nun gar keinen Bodenkontakt mehr hatten. Sie würde hoffentlich nicht umfallen, wenn die Session los ging.

»Wir haben eine Zuschauerin«, fuhr sie fort und deutete mit dem Kopf auf Lilly, die sich bemühte, nicht zu lächeln. »Madame Angelina wird sich ansehen, wie ich dich heute ran nehme. Bist du damit einverstanden?« Er nickte dankbar und machte eine leichte Verbeugung in ihre Richtung, die sie mit vorgeblich ungeduldigem Wippen des Fußes belohnte. Der neue Name irritierte sie. Warum nannte sie nicht ihren richtigen Namen, aus

Diskretionsgründen? Und wie zum Teufel kam sie dazu, sie ausgerechnet Angelina zu nennen?

»Warst du ein braver Junge?«, fragte Madame und wies den Mann an, sich auszuziehen, was er wortlos nickend tat.

Lilly wagte kaum zu atmen, als Madame den nun nackten Mann mit den Händen auf dem Lederbock fixierte. Vornüber gebeugt stand er da, mit gespreizten Beinen, die blassen Flanken zitterten vor Anspannung. Madame ging betont langsam zur Wand und fuhr mit den Händen über die verschiedenen Gerten, die dort hingen, während sie weiter leise auf den Klienten einsprach.

»Du wirst mir zeigen, wie brav du wirklich warst«, sagte sie. »Und wenn ich feststelle, dass du mir nicht gehorcht hast, muss ich dich bestrafen.« Er hatte den Kopf zur Seite gedreht und beobachtete sie mit halb geöffnetem Mund. Seine Zähne waren fest aufeinander gepresst, und etwas an ihm rührte Lilly, sodass sie sich für ihn wünschte, dass er ein braver Junge gewesen war. Madame Cassandra hatte sich entschieden und eine mit einem großen, roten Edelstein am Knauf verzierte Gerte aus den Ösen an der Wand gezogen. Sie ließ sie prüfend durch die Luft sausen, und das Geräusch brachte den Kunden dazu, kurz zusammenzuzucken in Erwartung des Schmerzes. Doch noch traf ihn die Gerte nicht.

Dann stellte sie sich hinter ihn und fuhr mit einer Hand zwischen seine Beine, nahm die Hoden prüfend in die Hand und machte eine Bewegung, als wollte sie diese wiegen.

»Na, mein Lieber«, sagte sie spöttisch. »Das erscheint mir ein bisschen mager zu sein für eine ganze Woche. Was hast du mir dazu zu sagen?« Mr Miller keuchte und legte die Stirn demütig auf den Lederbock. »Ich habe nichts Böses getan, Madame, aber eines Morgens wachte ich auf und ...«

»Schweig!« Ihre Stimme wurde lauter und barscher. »Das ist keine Entschuldigung, wie du weißt. Du bist kein pubertierender Junge, der sich nachts mit seinem eigenen

Samen bekleckert. Für dieses Missachten meiner Anweisung hast du mindestens fünf Hiebe verdient.«

Sie tat, als spucke sie in ihre behandschuhten Hände und ging ein paar Schritte zurück, offenbar um besser zielen zu können. Lilly sah, wie der Mann seine Pomuskeln anspannte, so dass sein Hintern plötzlich viel strammer aussah als zuvor. Atemlos beugte sie sich vor und stützte die Hände auf dem Stuhl neben ihren Beinen auf, um besser sehen zu können. Die Ledergerte sirrte durch der Luft wie ein Schwarm Bienen, bereit, zu stechen, und mit einem heftigen Klatschen ging sie auf dem blassen Hintern nieder, der lustvoll zuckte.

Mr Miller stöhnte leise.

»Willst du etwa mehr von mir?«, fragte Madame und ging um den Bock herum, um in sein Gesicht zu sehen. Sie griff in seinen Nacken und hob seinen Kopf. »Ich sehe, dass es dir gefällt«, sagte sie nach einem Blick zwischen seine Beine. »Also muss ich mir überlegen, ob das richtig ist, was ich tue. Schließlich soll dein kleiner Sklavenschwanz nicht steif werden vor Freude, wenn ich dich die Gerte spüren lasse.« Lilly zuckte zusammen bei den derben Worten, lauschte aber atemlos und mit geöffnetem Mund.

»Es tut mir leid, Madame, ich werde mich beherrschen«, brachte der Klient zwischen zusammengebissenen Zähnen hervor und wackelte tatsächlich ein wenig mit dem Hintern, um sie zu reizen. Cassandra ging wieder um den Bock herum und ließ dabei drohend die Gerte auf ihre Handfläche klatschen.

Ohne Vorwarnung holte sie aus, und die Gerte rötete die Haut des Mannes mit einem Hieb. Er stöhnte wieder und Madame griff erneut zwischen seine Schenkel. Zufrieden richtete sie sich auf und sprach leise von hinten in sein Ohr. Er nickte, und die Gerte explodierte von Neuem auf seinem gespannten Hinterteil.

Fünf weitere Hiebe musste er einstecken, die er jeweils mit einem Aufstöhnen quittierte. Zwischen Lillys Beinen prickelte es, als sie die roten Striemen betrachtete, die wie eine Kratzspur die Blässe irritierten, ihr ganzer Körper war gespannt wie ein Bogen, und sie beobachtete die Dame regungslos, die sich ihrem Opfer nun ohne Gerte näherte und dicht vor seinem Gesicht leicht die Knie beugte.

Sie löste den hageren Mann von dem Lederbock und strich ihm beinahe zärtlich über sein Haar. Die Geste rührte sie und wirkte mütterlich. Sekunden später verwandelte sie sich wieder in die strenge Herrin zurück und hieß ihren Sklaven, sich auf den harten Holzboden zu knien.

»Leck meine Stiefel«, sagte sie leise, aber streng, und der Mann begann sofort, demütig das blanke Leder zu küssen. Sie ließ sein Treiben einige Minuten lang zu, dann zog sie ihn am Nacken zu sich hoch und drehte ihn zu sich herum, so dass Lilly sein Profil sehen konnte. Seine Unterlippe zitterte vor Erregung, und sein Schwanz war steif geworden. Neugierig beobachtete sie sein Glied, das steil nach oben ragte und lustvoll bebte, und der Anblick erregte sie mehr als sie sich das vorher vorgestellt hatte.

»Willst du dich jetzt erlösen?«, fragte Madame und betrachtete von oben herab seine Erektion, die unter ihrem Blick wieder zu schwinden drohte. Der Mann schluckte und nickte. »Komm mit mir zum Thron«, sagte sie und ging voran, er folgte ihr wie ein Hündchen mit gesenktem Kopf.

Lilly rutschte nervös auf dem Stuhl herum. Madame ließ sich auf dem großen Thron nieder und bedeutete ihm, sich vor sie zu knien. Seine Knie drückten sich gegen die groben Holzdielen, die leise knarzten. Cassandra schob den Rock ihres langen Kleides hoch und entblößte helle Haut an den glatt rasierten Oberschenkeln. Der Mann konnte seinen Blick nicht lösen, als sie die Schenkel aufreizend langsam spreizte.

Lilly sah nicht, was sich dazwischen verbarg, doch sie nahm an, dass sie kein Höschen trug, sein leises Aufkeuchen und seine Augen, die an dem festen Fleisch klebten, ließen keinen anderen Schluss zu. Sein Schwanz richtete sich jetzt wieder zu voller Pracht auf, glänzend und rot stand die Eichel vor ihm, und Madame lehnte sich lächelnd in ihrem Thron zurück. »Möchtest du Madame Angelina zeigen, was für ein braver Sklave du bist? Oder soll ich dich fesseln und zusehen, wie du an dem Anblick meiner tropfnassen, roten Möse verreckst?«

Lilly fuhr zusammen und wagte es, einen Seitenblick auf die Domina zu werfen, die keine Spur von Erregung zeigte. Sie stieß den Atem durch die Nase aus, um sich selbst zu beruhigen, und wartete gespannt auf seine Antwort.

»Madame, wenn Sie es erlauben, gnädigst, möchte ich gern beweisen, dass ich ein guter Sklave bin und zeigen, dass ich alles für Sie aufgespart habe.« Seine Erektion zitterte jetzt vor Lust, und ein Tropfen löste sich aus seiner Spitze.

»Nur zu«, sagte Cassandra leise, »wichs deinen harten Sklavenschwanz, aber wichs ihn lange, während du mir zwischen die Beine starrst und dir wünschst, du könntest ihn in mich hineinstecken, in meine lüsterne Möse, die dich niemals aufnehmen wird. Und wenn es mir zu wild wird, wirst du zwischendurch meine Gerte spüren. Langweile uns nicht, ich warne dich.«

Mr Miller fing sofort an, langsam an seinem Schaft zu reiben, und Lilly fixierte ungläubig sein gerades Glied, das so hart wirkte wie der Glasdildo, den sie erst kürzlich in dem kleinen Sexshop gekauft hatte. Er keuchte mit halb geöffnetem Mund und löste seinen Blick nicht eine Sekunde lang von seiner Herrin, die unbeweglich und ungerührt da saß und ihm ihr Intimstes präsentierte, wie man einem Hund ein frisches, rohes Stück Fleisch serviert, um sich an seiner Gier zu ergötzen, mit der er es verschlingen wird. Nur hatte dieser Hund ein enges Halsband aus Dominanz angelegt und wagte nicht, sich ihr weiter zu nähern.

Fasziniert beobachtete sie seine Aktion, sie hatte noch nie dabei zugesehen, wie sich ein Mann vor ihr befriedigte, und der Anblick reizte sie, einfach die Hände auszustrecken und zuzugreifen, um ihm zu helfen, ihn zu unterstützen, aber das war wohl weder gewünscht noch geduldet. Der Anblick seines enorm harten Schwanzes erregte sie und weckte in ihr den Wunsch, ihre feuchte Spalte zu öffnen und ihn in sich aufzunehmen.

Madame Cassandra stieß einen leisen Pfiff aus, woraufhin der Kunde sofort aufhörte, an sich herumzuspielen und erstarrte. Sie streckte ein Bein aus und legte den gefährlich spitzen Absatz auf seinen steifen Schwanz, der sofort schwankte und sich ihm entgegen reckte. »Soll ich ihn dir zertreten?«, drohte Cassandra, und der Tonfall ihrer Stimme ließ Lilly erschreckt aufblicken, das würde sie doch nicht tun?

»Bitte ... nicht«, brachte der Kunde zwischen zusammengepressten Lippen hervor. Schweißperlen standen auf seiner Stirn und seine Hände zitterten, als er vorsichtig nach der Stiefelspitze griff und zärtlich darüber strich. Cassandra lachte.

»Du kleiner Nichtsnutz langweilst uns. Nicht wahr?«, fragte sie und drehte den Kopf, um Lilly anzuschauen. Ihre Augen blitzten und funkelten, offenbar war auch sie in Wallung geraten bei der Szenerie und berauschte sich an der Unterwürfigkeit ihres Kunden und der eigenen Macht.

Lillys Herz raste, zwischen ihren Beinen pochte hartnäckig die eigene Lust, für die es keinen Ausweg aus der Situation zu geben schien. Sie nickte der herrischen Frau zu, und Mr Miller bemühte sich zu versichern, dass er sein Bestes geben würde, um die Damen zufrieden zu stellen. Cassandra hatte Lillys Erregung und Anspannung anscheinend bemerkt, denn plötzlich beschloss sie offenbar, die seltsame Besucherin in ihr Spiel zu integrieren.

»Madame Angelina, haben Sie eine Idee, womit

Monsieur Miller uns erheitern könnte?«, fragte sie und grinste gespannt.

Lilly dachte fieberhaft nach. Was sollte sie verlangen, erwarten von dem nackten Mann, der treuherzig zu ihren Füßen kniete mit steifem Schwanz und sich wünschte, endlich erlöst zu werden von seiner Qual?

»Monsieur Miller war für mich eine ganze Woche lang enthaltsam«, erklärte die Domina, als sei der Mann gar nicht da und starre nicht fortwährend zwischen ihre gespreizten Schenkel unter dem jetzt sehr kurzen Rock. Er leckte sich die trockenen Lippen.

»Möchtest du etwas trinken?«, fragte Madame Cassandra barsch und schob zwei Finger zwischen ihre Schenkel. Mr Miller schüttelte heftig den Kopf, und Lilly ahnte, dass die Domina nicht von Wasser sprach. Ihre Wangen röteten sich unwillkürlich bei der Vorstellung und sie schüttelte sich innerlich, konnte aber nicht umhin festzustellen, dass der Gedanke sie durchaus anmachte.

»Nun, Madame Angelina, haben Sie eine Idee?« Madame Cassandra wurde ungeduldig, der Stiefel wippte auf und ab, die Spitze richtete sich drohend gegen den Mann, der jetzt hilfesuchend den Blick von ihrem Schoß löste und sie ansah. Sie beugte sich vor und sah ihm ins Gesicht, suchte nach Inspiration und Eingebung. Was sollte, was durfte sie jetzt tun, um Madame Cassandra nicht zu verärgern?

Sie könnte ihn bitten, sie zu lecken, während er sich selbst befriedigte, das würde ihr gefallen, doch sie wusste nicht, ob das erlaubt war, bis jetzt hatte der Sklave seine Herrin nicht einmal berühren dürfen in der ganzen Zeit.

»Ich möchte ihn ficken«, sagte sie dann tapfer, und als der Mann mit aufgerissenem Mund den Kopf zu ihr umdrehte spürte sie, dass ihr Gesicht brannte wie ein Ceranfeld. Madame Cassandra spitzte amüsiert die Lippen und sog die Luft scharf durch die Zähne ein.

»Madame Angelina, ich bin erstaunt, das muss ich

schon sagen. Und ich denke, Mr Miller wird mit dieser Variante mehr als zufrieden sein, nicht wahr, Sklave?«

Der Mann zu ihren Füßen nickte eifrig, mit glänzenden Augen, und Lilly fasste neuen Mut. »Er soll meine Unterwäsche dabei tragen«, fügte sie hinzu, und als der Kunde die Augenbrauen hochzog musste sie ein Grinsen unterdrücken.

»Eine sehr schöne Idee«, lobte die Domina und klatschte mehrfach in die Hände, woraufhin Fernanda die Tür öffnete und ihren blonden Schopf durch den Spalt schob.

»Ihr habt gerufen?«

»Bring uns die Unterwäsche von Madame Angelina aus dem Umkleideraum«, bestimmte sie, und Lilly presste erregt die Schenkel zusammen, um sich selbst zu stimulieren.

Dann stand Madame Cassandra von ihrem Thron auf und ging an den Schrank, um Lilly kurz darauf einen Ledergurt zu reichen, an dem vorn ein schwarzer Phallus aus glänzendem Silikon befestigt war.

»Den werdet ihr brauchen«, sagte sie schmunzelnd und setzte sich wieder auf den imposanten Stuhl. Ihr Sklave hatte die ganze Zeit geduldig abgewartet, sein Glied stand noch immer erregt und steif von ihm ab und Lilly schnallte sich den Gurt um, ohne ihn aus den Augen zu lassen.

Fernanda brachte ihren schwarzen BH und den winzigen String, den sie unter dem Kostüm getragen hatte, und Madame Cassandra herrschte den Kunden an, aufzustehen und die Dessous anzuziehen.

Lilly sah, dass seine Finger zitterten, als er versuchte, die Haken des Büstenhalters zu schließen, was ihm natürlich nicht gelang. »Lass ihn auf«, bestimmte die Domina und wedelte ungeduldig mit den Händen. »Es ist doch klar, dass du zu breit bist dafür, Madame Angelina hat schließlich wunderschöne Brüste und ist sehr schmal.«

Er zerrte den schwarzen String, der zum Glück aus sehr

dehnbarem Stoff bestand, über seine Hüften und Lilly lächelte innerlich bei dem Anblick des Mannes in ihren zarten Spitzenhöschen.

»Sehr schön«, sagte Madame Cassandra zufrieden und grinste wieder. Dann bedeutete sie Lilly, das sie wohl loslegen könnte. Lilly war wie berauscht von der plötzlichen Macht, die sie empfand. Noch nie zuvor hatte sie so ein Ding benutzt, und noch nie zuvor hatte sie sich einem Mann in diesem Bereich überhaupt genähert, nun verteilte sie ein wenig von dem Gleitgel, das die Domina ihr gegeben hatte, auf seinem Anus und lauscht entzückt dem wohligen Aufstöhnen des Mannes zu ihren Füßen.

Zu zweit bugsierten sie ihn erneut an den Lederbock und befestigten seine Handgelenke dort, sodass er vornübergebeugt mit gespreizten Beinen über dem Möbel hing. Lilly spreizte seine Pobacken und strich mit dem Finger mehrmals über die enge Öffnung dazwischen. Sie wusste, dass sein Glied gegen das Leder gedrückt wurde in dieser Position, und wenn sie es geschickt anstellte würde er sich dagegen ergießen, was sicherlich eine erneute Bestrafung der Domina zur Folge hätte.

Langsam schob sie sich zwischen seine Beine und drückte den Silikondildo dazwischen, bis sie spürte, dass der Widerstand schwand, und ließ Zentimeter für Zentimeter des schwarzen Plastiks in ihm versinken.

Er stöhnte auf, als sie gut die Hälfte des Hilfsmittels in ihn hineingeschoben hatte, dann fing sie an, ihn langsam zu stoßen. Madame Cassandra saß ungerührt auf ihrem Thron und beobachtete das Treiben amüsiert. Offenbar hatte sie nicht damit gerechnet, dass Lilly gleich bei ihrem ersten Besuch selbst aktiv werden würde, aber ehrlich gesagt erstaunte sie das mindestens genauso. Eigentlich hatte sie nur zusehen wollen, aber die Erregung des Mannes hatte sie so angemacht, dass sie es nicht länger aushielt, ruhig zu verharren und nur zuzusehen.

»Fick ihn ordentlich durch«, sagte die Domina, und

Lilly bemerkte, dass sie eine Hand unter ihrem Rock hatte verschwinden lassen. Sie wünschte sich, jetzt auch Befriedigung verspüren zu dürfen, aber noch war sie damit beschäftigt, den Sklaven ordentlich ranzunehmen. Immer fester schob sie ihr Becken gegen ihn und drückte sich so tief wie möglich in ihn hinein, bis er leise wimmerte und keuchte. Sie war nicht mehr Lilly, sie war Lady Angelina, die einen in ihre zarte Wäsche gekleideten Sklaven vögelte. Sie berauschte sich an der Macht, die sie verspürte, und achtete genau darauf, den Kunden nicht kommen zu lassen. Immer wenn er kurz davor schien und seine Beine sich versteiften hielt sie in der Bewegung inne und verharrte, bis er knurrte und geduldig wartete. Dann stieß sie wieder zu, kräftig und rücksichtlos. Das Ende des Silikondildos, der in dem Umschnallgurt steckte, drückte bei jedem Stoß gegen ihre Klit und löste einen Erregungsschub in ihr auf. Ihr ganzer Schoß klopfte und pulsierte jetzt vor Lust, bis sie es endlich nicht mehr ertragen konnte.

»Er soll mich lecken«, sagte sie mit heiserer Stimme, und Madame Cassandra hob die Augenbrauen.

»Nun, das ist eigentlich nicht üblich hier«, sagte sie, aber ihre gepresste Stimme verriet, dass sie selbst sehr erregt war von dem Anblick der fremden Möchtegerndomina, die sich mit ihrem Sklaven vergnügte.

»Ich weiß. Aber ich bin geil und will befriedigt werden von ihm.« Mr Miller stöhnte. Sein Schwanz war klatschnass, die Adern standen bedrohlich hervor, als Lilly ihn von dem Bock löste und ihn anherrschte, sich auf den Boden zu knien.

»Setzen Sie sich hierher, Madame Angelina«, sagte Cassandra und stand von ihrem Thron auf. Lilly schob ihren Rock hoch und setzte sich auf das weiche Polster, mit gespreizten Beinen, sodass ihre Spalte direkt über dem Loch im Sitz aufklaffte.

Mr Miller kroch über den Boden auf sie zu und sah sie an. Seine braunen Augen blitzten, und Lilly musste ein

Lächeln unterdrücken. Madame Cassandra beschleunigte seine Bewegung mit ein paar Hieben der Gerte, die er mit zusammengebissenen Zähnen duldete. Er war noch immer steif, Lilly hatte es geschafft, ihn nicht kommen zu lassen, obwohl er laut eigener Angabe eine Woche lang enthaltsam gewesen war und seine Hoden so prall waren, dass sie wie gut aufgeblasene Luftballons wirkten.

Er schob sich auf dem Rücken unter den Sitz und hob den Kopf, dann spürte Lilly seine Zunge an ihrer Scham. Lüstern ließ sie das Becken über ihm kreisen und herrschte ihn an, schneller und fester zu lecken, während Madame Cassandra neben ihnen stehen blieb und sie beobachtete. Hin und wieder fuhr sie mit dem spitzen Absatz ihrer Stiefel über seine Erektion, die sich ihr gierig entgegendrängte, dann bohrte sie die Hacke kurz in seine Hoden, was ihm einen leisen Aufschrei entlockte.

»Leck weiter, wenn Madame nicht kommt durch dich, wirst du nicht nur die Gerte spüren, sondern noch ein paar weitere Instrumente aus meinem Fundus«, drohte die Domina, und Lilly rieb sich weiter auf ihm, während sie seinen steifen Schwanz betrachtete, der sich an dem winzigen String vorbeidrängte.

Dann kam sie. Ihr Becken zuckte mehrmals, und sie stöhnte laut auf, er leckte wirklich gut, sehr ausdauernd und sehr gleichmäßig, und sie hätte sich nicht viel länger beherrschen können. Auch Madame Cassandras Wangen färbten sich ein wenig rot, während sie Lilly fest in die Augen sah bei ihrem Höhepunkt.

»Weiterlecken«, sagte sie mit rauer Stimme, dann zog sie ihren Rock bis zu den Hüften hoch und senkte ihr Becken auf den Schwanz des Sklaven, der aufkeuchte unter dem Stuhl und verzweifelt versuchte, den Kopf zu heben, um das Schauspiel ansehen zu können. Doch Lilly drückte ihre heiße Spalte weiter auf sein Gesicht und genoss die Zunge, die wieder hervorschnellte und um ihre Perle kreiste, ihre Labien leckte und gierig an ihr saugte, während die Domina selbstvergessen auf seinem Schwanz ritt und dabei an sich selbst rieb.

Mr Miller konnte sein Glück offenbar nicht fassen, denn es dauerte nur wenige Minuten, als er unterdrückt aufstöhnte unter Lillys nasser Spalte. »Ich komme, aaaaah, ich komme«, rief er panisch, und Cassandra erbebte zuckend auf seinem Schwanz, bevor sie emporschnellte und nur knapp seinem Saft entging, der sich in kurzen Stößen aus ihm entlud.

Er hörte nicht auf, Lilly zu lecken, und sie drückte sich ein letztes Mal fest gegen ihn und kam erneut, heftiger diesmal. Rasend schnell zog sich ihre Möse zusammen und pumpte in einem irren Takt, der ihr den Atem nahm und auch sie laut aufkeuchen ließ.

»Das war höchst ungewöhnlich, aber es war gut«, sagte Madame Cassandra, während Mr Miller sich mit hochrotem Kopf wieder in seine Klamotten zwängte.

Lilly grinste. »Nun, auch ich hatte gedacht, dass Sie als Domina keinen Verkehr mit Ihren Klienten haben«,sagte sie, und Cassandra hob die Schultern.

»Sie wissen ja, dass Mr Miller schon seit einem Jahr zu mir kommt«, erklärte sie. »Und er ist ein durchaus attraktiver Mann.«

»Oh ja, das ist er«, sagte Lilly und legte einen Arm um ihren Ehemann, bevor sie ihn küsste.

»Da ich nun ein wenig mehr darüber weiß, was ihn regelmäßig in Ihre Arme treibt, wird er Sie in Zukunft wohl seltener aufsuchen. Und wenn dann natürlich nur in meiner Begleitung. Danke, dass Sie uns die Möglichkeit dazu gegeben haben.«

»Ich freue mich auf Sie. Sie beide«, sagte Madame Cassandra und verließ den Raum.

★★★

Meister der Lust

Sue nahm den Bleistift, auf dem sie in der letzten halben Stunde nachdenklich herumgekaut hatte, aus dem Mund und stopfte ihn in die Schreibtischschublade.

Feierabend, endlich! Seit zwei Wochen hatte sie sich auf diesen Moment gefreut, denn heute war Freitag der dreizehnte, und das bedeutete – freudige Wonnen am Abend.

Fröhlich flötend warf sie ihr Handy und eine Packung Taschentücher in ihre Handtasche und fuhr den Computer herunter. Ohne auf das Erlöschen des Monitors zu warten verließ sie das Büro und fuhr trällernd mit dem Aufzug in die Tiefgarage. Sie hatte schließlich noch einige Vorbereitungen zu treffen, bevor dieser sinnliche, heiß ersehnte Abend beginnen konnte.

Im Lift warf sie einen raschen Blick auf ihr Spiegelbild. Oh weia, das würde lange dauern heute. Sie sah müde aus, wie immer freitags nach einer anstrengenden Woche im Büro, und ihre Haare waren stumpf und glanzlos. In der Handtasche lauerte jedoch schon ein Erste-Hilfe-Paket für die Wochenendschönheit, das sie in der Mittagspause in der Parfümerie für sehr viel Geld erstanden hatte.

Haarkur, pflegende Cremes und ein neuer Lippenstift in der verheißungsvollen Farbe Rouge Noir warteten darauf, zum Einsatz zu kommen. Ihr Outfit für den Abend hatte sie schon vor einer Woche im Internet bestellt und gestern erstmals probegetragen. Natürlich nur zu Hause, vor dem Spiegel. Das hautenge Latexkleid war bis zum Bauchnabel ausgeschnitten und enthüllte mehr von ihren zwar kleinen, aber dafür sehr festen Brüsten als es verdeckte, und es formte einen bezaubernden knackigen Po. Sie war sehr zufrieden gewesen mit ihrem Anblick im Schlafzimmerspiegel, und jetzt machte sich langsam aufgeregte Vorfreude in ihrem Magen breit.

Was würde sie heute erwarten? Es war jedes Mal ein Abenteuer, und sie sehnte sich schon wochenlang nach diesen seltenen, exklusiven Abenden, die immer anders waren und ihr oft einiges abverlangten.

Natürlich wäre es schöner gewesen, mit einem festen Freund dorthin zu gehen wie die meisten anderen. Aber seit ihrer letzten Beziehung hatte sie nur einige Fehlversuche gemacht mit Männern, die entweder totale Weicheier waren oder Dominanz mit kopflosen Schlägen verwechselten.

Als die Lifttür zischend aufging und die Neonröhren der Tiefgarage aufflackerten, zog sie den Autoschlüssel aus der Handtasche und öffnete die Wagentüren mit der Fernbedienung. Es war relativ spät für einen Freitag, die meisten Kollegen, vor allem die mit Familie, gingen schon am frühen Nachmittag nach Hause und auch Sue hatte es heute kaum am Platz gehalten vor Nervosität, aber schließlich wollte sie am Montag lieber etwas später anfangen und arbeitete daher bereitwillig freitags etwas länger.

Ihre hohen Absätze hallten zwischen den Betonwänden der Tiefgarage wider, als sie zum Auto ging. Rasch stieg sie hinein und verriegelte die Türen von innen. Dann startete sie erleichtert den Motor und fuhr ins Wochenende.

*

Carl warf einen Blick in das leere Büro und verzog den Mund. Natürlich war er zu spät, wie immer. Seine eigene Feigheit hatte ihm mal wieder einen Strich durch die Rechnung gemacht. Wütend auf sich selbst zog er die schlichte Bürotür zu, als ihm auffiel, dass sie den Rechner nicht ganz ausgeschaltet hatte. Na, da hat es aber eine eilig gehabt.

Pflichtbewusst ging er hinein und atmete tief durch die Nase ein. Ihr zartes Parfüm lag noch in der Luft und ließ seine Sinne wieder erwachen. Seufzend streckte er die Hand nach dem Knopf am Gehäuse des ziemlich alten Computermodells aus, als der Monitor noch einmal aufflackerte und wieder zum Leben erwachte.

Carl zuckte zurück. Die Webseite, die auf dem Bildschirm erschien, war schwarz mit weißer Schrift. In verschnörkelten Buchstaben verkündete eine Art digitaler Flyer von »Lustvollen Exzessen der besonderen Art«. Einem »exklusiven Event nur für Premium-Mitglieder«. Das Bild auf dem Flyer ließ gleichwohl keinen Zweifel übrig, dass es sich hier offenbar um eine besonders frivole Veranstaltung handelte.

Seine Hand zuckte, während er sich selbst einredete, dass das nicht richtig war, was er hier tat. Das war höchst unkollegial, die Privatsphäre einer Kollegin zu verletzen, zumal einer Kollegin, die ihm deutlich mehr bedeutete als alle anderen. Aber die Neugier war größer, denn das Bild zeigte eine gefesselte Frau mit verbundenen Augen, deren knallrote Lippen leicht geöffnet waren. Sie hing sorgsam verschnürt von einer Decke herab, hinter ihr standen mehrere verkleidete Männer in Umhängen und Masken, die Gerten oder Peitschen in den Händen hielten.

Die weiße Haut der Frau leuchtete ihm förmlich entgegen zwischen den schwarzen Seilen, die ihren Körper verschnürten wie ein liebevoll verpacktes Geschenk, und Carl spürte ein deutliches Zucken zwischen seinen Beinen.

Vorsichtig sah er sich um und zog die Bürotür seiner Kollegin hinter sich zu, bevor er sich auf ihren Stuhl fallen ließ und mit bebenden Fingern nach der Maus auf dem Schreibtisch tastete.

»Nacht der Gelüste« stand auf der Webseite, und er las begierig Wort für Wort, was dort geschrieben war.

Na prima, und ich wollte sie zum Italiener einladen, dachte er grinsend, nachdem er begriffen hatte, worum es bei dieser Veranstaltung ging, von der er noch nie gehört hatte.

Er riss ein gelbes Post-it vom Block und notierte krakelig die Adresse der Webseite darauf, dann schaltete er den Computer aus und schlich sich aus dem Büro.

*

Sue genoss den warmen Regen, der sich aus dem modernen Duschkopf über ihren Kopf und Körper ergoss, und prustete ausgelassen wie ein Nilpferd in den Wasserstrahl. Dann rasierte sie sich gründlich und achtete darauf, möglichst kein Härchen am Körper zu übersehen. Eingeschäumt mit Rasiercreme glitt die Klinge rasch und mühelos über ihre Haut und hinterließ sie zart und weich wie einen Kinderpo.

Die Prozedur vollzog sie an jedem zweiten Freitag, immer dann, wenn eine Einladung ihr Herz höher schlagen ließ und sie wieder daran erinnerte, dass es ein Leben jenseits des Büros und des Fernsehers gab.

Letzterer blieb heute Abend ausgeschaltet, stattdessen legte sie Musik auf, die sie in die richtige Stimmung bringen sollte. »A question of time« von Depeche Mode schallte durch die kleine Wohnung und Sue sang lauthals mit. Seit ihrer Jugendzeit war sie ein Fan der Band und konnte jeden Song auswendig. Den Leadsänger hätte sie gerne mal ... sie kicherte, während sie ihren nackten und noch feuchten Körper mit Puder bearbeitete, um einfacher in das knallenge Latexkleid schlüpfen zu können.

Ihr Kollege Carl sah ihm ähnlich, sie nannte ihn aus Spaß manchmal Dave, was ihn irritierte. Bis heute hatte sie ihn nicht darüber aufgeklärt, warum sie ihn so nannte und welchen Dave sie damit meinte, vielleicht würde sie das nie tun. Im Gegensatz zu seinem musikalischen Doppelgänger war Carl nämlich leider alles andere als dominant, sondern ziemlich schüchtern und wirkte fast schon verklemmt auf sie.

Sehr schade, fand Sue und seufzte wieder bei dem Gedanken an den dunkelblonden Kollegen. Optisch war er total ihr Typ, aber er hatte natürlich keine Ahnung von ihren erotischen Vorlieben und wäre ganz bestimmt völlig geschockt, wenn er das wüsste. Nein, Carl wirkte nun wirklich nicht wie jemand, der sich mit solchen Abgründen auskannte.

Eine Stunde später war sie perfekt gestylt und bewunderte sich selbst im Spiegel, während sie mit der Taxizentrale telefonierte und einen Wagen bestellte. Ihre Hände waren klamm vor Aufregung, sie freute sich auf den Abend wie ein kleines Kind auf Weihnachten und hoffte, dass ihre Erlebnisse von letztem Mal vielleicht noch übertroffen würden.

Die Party fand in einem alten, leerstehenden Industrieloft am Stadtrand statt. Sue bezahlte und kletterte aus dem Taxi. Ein langer Trenchcoat verbarg ihr Outfit vor neugierigen Blicken. Der Parkplatz vor dem großen Gebäude, das aus dunkelbraunen Ziegelsteinen gemauert war, war beinahe leer. Das war nicht verwunderlich, es war zum einen noch sehr früh und zum anderen waren diese Partys einem kleinen, exklusiven Kreis vorbehalten. Nur nach persönlicher Vorstellung durfte man Mitglied werden und erhielt Zutritt zu den Veranstaltungen, dazu gehörte, dass man sich einem verhörartigen Interview unterzog und seinen Körper begutachten ließ.

Sue hatte die Aufnahmeprüfung mit Bravour gemeistert und war seit einem Jahr ein gern gesehenes Mitglied des Clubs. Trotzdem freute sie sich jedes Mal darauf, neue Gesichter zu sehen, schließlich genoss sie als Single gerade die Abwechslung und die Möglichkeit, sich ohne weitere Verpflichtung ständig neuen Herren zu unterwerfen.

Sie legte den Kopf in den Nacken und sah an den Mauern hoch. Oben flackerten rote Lichter durch die Fenster, und sie wusste, dass sie von dem riesigen Designerkamin rührten, der in der Mitte des Lofts thronte und den Raum nicht nur wärmte, sondern auch in dieses geheimnisvolle Leuchten tauchte, das alle Personen so besonders aussehen ließ.

Die Flammen würden sich heute Abend sicher prima auf ihrem Latexkleid spiegeln, dachte sie, als sie auf den großen Glatzkopf vor der eisernen Sicherheitstür zuging.

»Guten Abend«, sagte er freundlich nickend, sein nettes Lächeln strafte sein etwas bulliges Aussehen Lügen.

»Guten Abend, Mario«, erwiderte Sue und schlüpfte an ihm vorbei ins Innere. Dort gab sie ihren Mantel und ihre Tasche an der Garderobe ab, plauderte kurz mit Natalie, der Garderobiere und guten Fee des Lofts, bevor sie die Treppe hinauf nach oben ging.

Das Loft war tatsächlich in das rötliche Licht der offenen Flammen getaucht, als sie die schwere Tür aufschob und eintrat. Sie fühlte sich großartig in ihrem Outfit und strotzte nur so vor Selbstvertrauen.

»Hey, Süße!« Küsschen rechts, Küsschen links. Sue ließ sich von Ernest bewundern, der ihr beim letzten Besuch auf der Party eindrucksvoll gezeigt hatte, was für ein guter Meister er war. Es kribbelte wieder zwischen ihren Beinen, wenn sie daran zurückdachte, die Erinnerung ließ ihre Säfte steigen. Ernest war groß und gut gebaut. Im schlichten schwarzen Anzug wirkte er mit seinem sehr markanten Gesicht und den etwas vernarbten Wangen wie ein moderner James Bond, souverän und lässig. Leider war er mit seiner Sklavin Eileen fest liiert, die ihm wie ein Hündchen ständig folgte und ihn nicht aus den Augen ließ, auch wenn sie dulden musste, dass er sich gelegentlich bei Veranstaltungen wie dieser mit anderen Frauen vergnügte. So warf sie auch jetzt Sue giftige Blicke zu, natürlich nur hinter seinem Rücken, sonst hätte er dieses Vergehen sicherlich gleich geahndet.

»Lust auf ein Spielchen heute?«, fragte er, und seine grünen Augen blitzten. Sue hob lächelnd die Schultern.

»Ich weiß noch nicht, mal abwarten«, sagte sie

vorsichtig und versuchte, die Giftpfeile zu ignorieren, die Eileen auf sie abschoss.

Vielleicht wäre es besser, sich nicht zu sehr in Ernests Hände zu begeben, schließlich hatte sie keine Lust dazu, sich ihr eigenes Herz brechen zu lassen. Und beim letzten Mal hatte er sie so gekonnt genommen, dass sie noch tagelang davon geträumt hatte. Zu gefährlich.

Lieber suchte sie sich einen neuen Herrn für diesen Abend, um der Gefahr zu entgehen, zu viel Gefühl in die Sache zu legen. Auch wenn sie sich insgeheim sehr danach sehnte, endlich einen festen Meister zu haben. Jemanden, der sie nicht nur sexuell dominierte, sondern immer bei ihr war. Dem sie sich ganz und gar hingeben konnte, so wie Eileen sich für Ernest opferte.

Etwas neidisch nippte sie an ihrem Drink, während sie die beiden beobachtete. Eileen war klein und sehr zierlich, ihren schlanken Hals zierte ein kostbares Lederhalsband, das nicht durch den materiellen Wert so teuer wurde, sondern durch die Tatsache, dass Ernest es ihr umgelegt hatte. Damit stand fest, dass sie seine Sklavin war.

Wie es wohl wäre, jemandem Tag für Tag zu Diensten zu sein? Abends von der Arbeit zu kommen und sich lustvoll fesseln und knebeln zu lassen, sich erziehen zu lassen von natürlicher Autorität und nicht von ein paar Gertenhieben? Jemanden zu haben, zu dem sie aufschauen konnte, der stärker war als sie und von dem sie sicher sein konnte, dass er sie immer beschützen würde?

Seufzend ließ sie den Blick durch den Raum schweifen und suchte nach Inspiration. Lauter bekannte Gesichter, wie schade. Einige Herren waren allein gekommen, sie wusste, dass sie zumeist in normalen langweiligen Beziehungen steckten und sich das Vergnügen nur im Club gönnten, ihre Gelüste auszuleben. Ach, das hatte sie hinter sich. Solange sie nicht den perfekten Mann für sich fand, der ihre Wünsche nicht nur tolerierte, sondern ebenso liebte wie sie selbst, würde sie lieber allein bleiben und sich sexuell anderweitig austoben.

Ihre letzten Beziehungen waren allesamt daran gescheitert, dass die Männer ihr nicht geben konnten, was sie begehrte, und letztlich war es gut gewesen, sich nicht noch einmal auf so etwas einzulassen.

»Guten Abend, Schönheit«, sagte eine sonore Stimme hinter ihr, und Sue drehte sich lächelnd um.

»Guten Abend.« Ihr Herz klopfte etwas schneller, denn der Typ, der sie angesprochen hatte, sah nicht nur unverschämt gut aus – er war auch noch tatsächlich neu im Club. Jedenfalls hatte sie ihn hier noch nie gesehen.

»Allein hier?« Sue nickte und stellte das Glas auf der Theke ab, die oval geschnitten war und mitten im Raum stand, sodass die daran Sitzenden die Möglichkeit hatten, andere ihnen gegenüber genau zu betrachten und nicht vor eine kahle Wand starren mussten.

»Das nenne ich Glück.« Er hatte dunkle Haare, die mit ein wenig Gel nach hinten gekämmt waren, und ebenso dunkle Augen, die durch das Feuer im Loft kleine rote Blitze aufwiesen. Sein Kinn war groß und etwas vorspringend, und seine Lippen waren voll. Er war keine klassische Schönheit, aber er wirkte beeindruckend selbstsicher, und das mochte Sue.

»Ich bin Sam«, stellte er sich dann vor und reichte ihr höflich die Hand, die sie ergriff. Dabei ließ er seinen Blick zielsicher über ihren Körper gleiten und musterte sie von oben bis unten.

»Sue«, antwortete sie knapp und schob die Hüften ein wenig vor, um ihre Kurven besser in Szene zu setzen. Ja, sie wusste, dass sie eine Augenweide war, auch hier im Club, wo sich nur attraktive Menschen tummelten, und sie konnte frei wählen, wem sie sich heute und hier unterwerfen würde.

Sie plauderten ein wenig über den Club und die anwesenden Menschen, tranken Champagner und wärmten die klammen Finger am offenen Feuer. Sue bewegte ihren Körper zur Musik, harte Elektronik, die ihr direkt in die Füße fuhr und sie zum Tanzen animierte.

Sam drückte sich von hinten an sie und folgte den Schwüngen ihres Beckens, sie spürte seine Erektion an ihren Pobacken. Als er die Hände auf ihre Taille legte und langsam über das Latex strich, füllten sich ihre Schamlippen verlockend mit Blut und schwollen an. Schon spürte sie Feuchtigkeit, die sich aus ihrer Spalte drängte, dazwischen. Da sie natürlich unter dem verschärften Kleid keine Wäsche trug, genoss sie das Gefühl umso stärker, indem sie ihre Schenkel aneinander rieb.

Sie war bereit für das kommende Spiel, und so folgte sie ihm anstandslos in einen der Nebenräume, die um diese Uhrzeit noch relativ leer und unbespielt waren. Heftig aufatmend ließ sie sich an den von der Decke herabhängenden Ketten befestigen. Er fesselte ihre Handgelenke an die Riemen und zog an einer der Ketten, um die Höhe zu bestimmen, bis sie nur noch auf den Zehenspitzen stand und hin und her schwankte.

Zufrieden schob er ihr Latexkleid nach oben über die Hüften, um ihre blank rasierte, nackte Möse offenzulegen. Sue atmete tief ein, als Sam seine Finger zwischen ihre Beine schob und nachspürte, ob sie schon feucht geworden war.

»Meine kleine Sklavin ist scheinbar sehr heiß«, sagte er mit rauer Stimme und lachte hinter ihrem Rücken. Sue zappelte in den Seilen, sie konnte kaum das Gleichgewicht halten und hing in den Fesseln wie eine Marionette. Sie liebte dieses Gefühl, ausgeliefert zu sein, und wünschte sich nun nur noch ein paar Zuschauer hinzu, die ihre Züchtigung mit ansehen würden. Aber sie war sicher, sobald Sam erst einmal anfangen würde mit seiner Behandlung, kämen die ersten Neugierigen durch ihre Schreie angelockt ganz bestimmt in den kleinen, spartanisch eingerichteten Nebenraum. Das war schließlich immer so.

Er ging um sie herum und blieb dicht vor ihr stehen. Er war nur einen halben Kopf größer als sie, so konnte sie mitten in sein Gesicht sehen, während er sie anlächelte. Die grünen Augen blitzten vor Lust und Neugier, auch für ihn als Meister war es sicher ein besonderer Spaß, die Grenzen einer neuen Sklavin auszuprobieren und herauszufinden.

»Wie viel Schmerz kannst du vertragen, Sklavin?«, fragte er und zog zwei Metallklemmen aus der Hosentasche. Sue leckte sich über die Lippen, als sie die Klammern erkannte, und unwillkürlich versteiften sich ihre Nippel unter dem Kleid. Mit einer Hand schob er das Latex zur Seite, sodass ihre Brustwarzen frei lagen.

»Viel«, hauchte sie und schloss die Augen, als er die erste Klammer ansetzte und quälend langsam um ihre schon harte Spitze schloss. Sie sog die Luft zischend durch die Zähne ein, der heftige Schmerz durchzuckte sie kurz und schoss mitten zwischen ihre Beine, wo er ihren Saft in Wallung brachte.

»Oh ja, ich sehe es«, sagte Sam und grinste. Dann legte er die zweite Klemme um die andere Brustwarze und ließ auch sie zuschnappen. Sue stöhnte leise auf, dann verschwand das Stechen und wich einem lustvollen Pochen, das sich durch ihren ganzen Körper zog.

Er holte eine weitere Klammer aus der Tasche und ging vor ihr in die Knie. Bevor er sie an ihrer Schamlippe befestigte, fuhr er mit dem Finger kreisförmig über ihre Klit und reizte sie, bis Sue vor Lust keuchte. Er beugte sich weiter vor, und während er die Klammer schmerzhaft um ihre Schamlippen schloss, leckte er gekonnt und geschickt über die pulsierende Perle. Sue schrie auf, der Schmerz mischte sich mit der ungeheuren Lust, die sie verspürte, und wurde eins, ein atemberaubendes Gefühl.

Er leckte weiter an ihrer Möse, zog dabei an der Klammer und kniff in die empfindliche Haut, dann knabberte er an ihrer Klit, bevor er sie zwischen die Lippen nahm und heftig daran saugte. Sue wand sich in den Ketten, ihr ganzer Körper schwang hin und her, sie verlor den Boden unter den Füßen und baumelte kurzzeitig in der Luft, bevor er sie um die Hüften fasste und ihr half, die Balance wieder zurückzuerlangen.

»Du kleine Schlampe bist ja jetzt schon total geil«, stellte er fest und schob zwei Finger in ihre nasse Möse, um sie damit zu ficken. Sue warf den Kopf zurück und kniff die Augen fest zu, sie genoss die rohen Stöße, die er ihr zufügte. Kurz bevor sie kam ließ er von ihr ab und trat zwei Schritte zurück.

»Bitte«, hauchte sie, doch er schüttelte den Kopf. »Du bist noch nicht so weit«, bestimmte er und ging zur Wand, um eine Gerte abzunehmen. Dann stellte er sich hinter sie, und Sue versuchte ihre Pobacken anzuspannen, um die Hiebe entgegenzunehmen. Er warnte sie nicht vor, sondern schlug gleich fest zu, erst auf die linke, dann auf die rechte Backe, die sich sofort röteten und mit Blut füllten.

Sue stöhnte laut, die Klemmen an ihren empfindlichen Stellen drückten und kniffen bei jeder Bewegung, und doch konnte sie nicht ruhig stehen bleiben bei den heftigen Gertenhieben. Ihr Becken zuckte unkontrolliert nach vorn, als die Gerte sie erneut traf, dann traten Schweißperlen auf ihre Stirn.

Die ersten Zuschauer tauchten im Türrahmen auf und blieben noch etwas verhalten darin stehen, ohne näher zu kommen.

»Oooh«, schrie sie, als statt der Gerte eine mehrschwänzige Peitsche sie traf. Es zog und zwirbelte sehr viel heftiger, und sie verlor erneut den Boden unter den Füßen. Einer ihrer Pumps rutschte herab, was es ihr noch schwerer machte, wieder ins Gleichgewicht zu finden, sie kam kaum mit den Zehenspitzen auf die Erde.

Wieder und wieder küsste die Peitsche ihren Hintern und ihre Oberschenkel, dann ging Sam zufrieden um sie herum und hob ihr Kinn mit einer Hand an.

»Sieh mich an, Sklavin«, sagte er mit ruhiger Stimme. »Ich will sehen, ob du schon bereit bist für deinen neuen Meister.«

Sue spürte, dass ihre Arme klamm wurden. Alles Blut schien sich in ihrem Unterleib zu sammeln und hatte den Rest ihres Körpers ganz offenbar verlassen. Ihr wurde schwindelig. Die Schmerzen, die nun jeden Zentimeter ihrer Haut vereinnahmten, waren heftig und raubten ihr den Atem.

Sam nahm keine Notiz davon, sondern fuhr fort damit, sie zu züchtigen. Immer mehr Zuschauer sammelten sich in dem kargen Zimmer und beobachteten amüsiert und erregt die Szenerie. Ihre blanke, schon sehr nasse Spalte lag zwischen ihren gespreizten Beinen, gut sichtbar für alle. Die Metallklammer baumelte zwischen den Schenkeln herab, und als er sie endlich löste, schrie sie auf vor Schmerz, verursacht durch das Blut, das plötzlich wieder durch die abgeklemmten Körperteile rauschte.

»Ganz ruhig«, sagte er und ging erneut hinter sie, sodass sie nicht sehen konnte, was er da tat. Es wurde kalt und feucht zwischen ihren Pobacken, er verteilte Gleitgel auf ihrem engen Ring und drückte mit dem Finger ein wenig dagegen, um sie zu öffnen. Sue atmete tief ein und aus und konzentrierte sich, dann versuchte sie, sich zu entspannen. Ihr Widerstand schwand, und so flutschte sein Finger leicht in ihre Enge, wo er sie kurz massierte und sie bereit machte für mehr.

Dann drückte sich etwas Hartes und Kaltes an ihr Loch. Sam drehte es ein paar Mal hin und her, bevor es in ihr verschwand. Ein ziemlich großer Metallplug füllte sie aus und ließ sie ihren Anus sehr deutlich spüren.

»Das eine Loch wäre gestopft«, sagte er und fickte sie ein wenig mit dem Plug, indem er ihn herauszog und wieder in ihr versenkte, bis ihr Puls sich erneut beschleunigte und ihre Wangen sich röteten.

»Eine kleine Analstute bist du, was? Das macht dir ja offenbar Spaß.« Er ließ den Plug stecken und griff von hinten an ihre Möse, um drei Finger in sie zu schieben. Dann stieß er sie weiter und ließ dabei ab und zu die Hand herausflutschen, um an ihrer Klit zu reiben, die hart und geschwollen pulsierte.

Ihr Mösensaft löste sich aus ihr und tropfte zwischen ihren Beinen herab nach unten. Sue wagte nicht, die Augen zu öffnen um zu sehen, wer sie alles beobachtete. Sicher waren auch Ernest und Eileen unter dem Publikum, sie wusste, dass er gern erst anderen zusah, bevor er selbst tätig wurde. Das Wissen um die Voyeure erregte sie genug, aber als sie versuchte, ihre Schenkel unwillkürlich zusammenzupressen, um endlich kommen zu können, verlor sie wieder den Boden und hing schlaff in den Ketten. Ein heftiger Schmerz durchzuckte ihre Schulter, und sie schrie kreischend auf.

Sam hob irritiert den Kopf und sah sie an. »Alles in Ordnung?«

»Mein Arm«, jammerte sie, und es dauerte einige Sekunden bevor er begriff, dass dies kein Spaß mehr war. Das Safeword war ihr nicht eingefallen in diesem Moment, der stechende Schmerz in ihrer Schulter hatte nichts mit Lust zu tun und ließ sie beinahe ohnmächtig werden.

»Die Show ist vorbei«, rief er nach hinten, während er mit zitternden Händen Sues Fesseln löste. »Hier gibt es nichts mehr zu sehen.«

Dankbar nahm sie die Hände herunter und hielt sich das schmerzende Gelenk. »Auuu«, jammerte sie. »Das fühlt sich an wie ausgekugelt.«

»Du solltest zum Arzt gehen«, mischte sich eine große Blondine ein, die Sue vom Sehen her kannte. »Damit ist nicht zu spaßen, vielleicht hast du dir die Schulter verrenkt oder so?«

Sue biss sich auf die Unterlippe, um die aufsteigenden Tränen zu unterdrücken, und nickte.

»Ja, das ist sicher das Beste«, flüsterte sie. Sam nahm behutsam die Brustklammern ab und massierte rasch ihre Nippel, die durch die abrupte Erlösung schmerzhaft klopften.

»Tut mir leid«, sagte er zerknirscht. »Das wollte ich nicht.«

»Ist nicht deine Schuld.« Sie versuchte zu lächeln, spürte aber selbst, dass es misslang.

*

»Guten Morgen, Carl!« Sie strahlte nicht so glücklich wie sonst am Montag, stellte er fest, aber trotzdem erhellte sie das trostlose Büro mit ihrem Angesicht.

»Guten Morgen, Sue. Schönes Wochenende gehabt?«

Sue verzog das Gesicht und deutete auf ihre Schulter, die in einer Schlinge steckte. »Leider nicht so gut wie erhofft. Kleinen Unfall gehabt.«

»Oh je, du Arme! Was ist denn passiert?« Er musste sich Mühe geben, nicht zu grinsen, schließlich wusste er genau was geschehen war. Die Feuertreppe am Gebäude gegenüber war hoch genug gewesen, sodass er durchs Fenster alles beobachten konnte. Das bezahlte er zwar mit einem ordentlichen Schnupfen, aber die Sache war es definitiv wert gewesen.

»Ach, ich bin unglücklich gestürzt«, murmelte sie und wandte den Kopf ab. Er hatte trotzdem genau gesehen, dass sie rot geworden war, und musste sich nun wirklich beherrschen.

»Schulterbruch?«, mutmaßte er, obwohl er es ja besser wusste. Sie schüttelte den Kopf und fummelte an der Kaffeemaschine herum, die im gemeinsamen Vorraum stand.

»Zum Glück nur eine Zerrung. Aber ich muss das Gelenk ein wenig schonen.«

»Das tut mir leid. Hoffentlich kommt das bald wieder

in Ordnung.«

Er sah von der Seite, dass sie die Brauen zusammenzog, während sie die Tasse unter dem Auslauf der Maschine hervorzog.

»Ja, zwei Wochen etwa, hat der Arzt gesagt.« Sie drehte sich wieder zu ihm um und nahm einen Schluck von dem duftenden Getränk. Sie sah müde aus, stellte er fest, und unentspannt. Offenbar hatte der ungewollte Coitus Interruptus ihr doch sehr zugesetzt. Die Arme!

Wenn er an die heimlich beobachtete Situation am Freitag Abend zurückdachte, beschleunigte sich sein Puls. Das ganze Wochenende hatte er sie so vor sich gesehen, ihren fast nackten Körper in dem kurzen Latexkleid, aufgehängt an den Ketten, der kleine, feste Hintern verziert mit roten Striemen.

Nie hätte er gedacht, dass sie auf so etwas stand, sie machte nicht den Eindruck, im Gegenteil. Im Büro war sie immer so forsch, so selbstbewusst. So sicher, dass er sich ja nicht einmal getraut hatte, sie einzuladen, obwohl er seit einem halben Jahr auf eine gute Gelegenheit wartete.

Leider hatte sie ihrerseits auch keine Anzeichen von sich gegeben, ihn zu mögen, was es ihm natürlich erschwert hatte. Aber er wusste ja schließlich nicht, dass sie auf SM stand und sich gern unterwarf. Carl spürte, dass seine Hände nass wurden vor Schweiß. Er hatte einen Entschluss gefasst am Wochenende, und diesmal wäre er nicht zu feige. Die verrenkte Schulter machte es ihm nicht gerade leicht, aber vielleicht würde das sogar einiges vereinfachen, sie würde nahezu wehrlos sein.

Sein Blutdruck stieg, während er darüber nachdachte und ihre Rundungen unter dem schlichten grauen Kostüm begutachtete. Er war nicht feige, und er war nicht schüchtern. Eigentlich. Und jetzt, da er wusste, wie es um sie stand, wollte er es einfach tun. Todesmutig.

»Warum hast du dich nicht krankschreiben lassen?«, fragte er stattdessen, und sie lachte leise.

»Wegen einer verrenkten Schulter? Na, der alte Drachen würde mir die Hölle heiß machen.«

Carl grinste.

»Vor allem wenn sie wüßte, wie du dir die Verletzung zugezogen hast.«

Sue hob die Augenbrauen und starrte ihn verdattert an.

»Was meinst du? Ich bin ... die Treppe runtergefallen, das kann doch mal passieren?« Ihre Wangen glühten, wie er zufrieden feststellte, und er würde sie jetzt ganz sicher nicht aus dem Netz herauslassen, das er ausgelegt hatte. Dies war seine Chance, und er musste sie nutzen.

»Sooo?«, fragte er und sah ihr fest in die Augen. Sie wand sich tatsächlich und stellte kopfschüttelnd die Tasse ab. Er sah die Unsicherheit in ihren Augen und amüsierte sich königlich.

»Ich weiß nicht, was du hast«, erwiderte sie etwas eingeschnappt und ging an ihm vorbei, um ihr Büro zu entern. Carl streckte den Arm aus und hielt sie fest, sodass sie stehen bleiben musste.

»Du weißt sehr genau, was am Freitag vorgefallen ist«, sagte er leise und beugte sich ein wenig vor. Sein Herz schlug bis zum Hals, aber er ließ sich die Unsicherheit, die er verspürte nicht anmerken. Stattdessen bemühte er sich, mit fester Stimme zu sprechen und wandte den Blick nicht für den Bruchteil einer Sekunde ab, während er ihr in die Augen sah. Dies war ein Tanz auf dem Vulkan, und dass es in ihr brodelte konnte er ihr ansehen. Nun galt es, sich nicht die Füße zu verbrennen.

Sue schluckte sichtbar und versuchte sich aus seinem Griff zu befreien, aber er umklammerte ihren Unterarm wie ein Schraubstock und machte keine Anstalten, sie gehen zu lassen.

»Carl, was ist ...?«, fragte sie atemlos, als er sich näher an sie heranschob und dicht vor ihrem Gesicht innehielt. Ihre Lippen lagen nur noch wenige Zentimeter voneinander entfernt, er konnte sie riechen, ihren Atem, Kaffee und Pfefferminze, ihr Parfüm, das dezent und fruchtig in der Luft lag, und die Tagescreme, die unschuldig und sauber roch. Er atmete tief ein und spürte, wie sie erzitterte.

Dann presste er ohne Umschweife seine Lippen auf ihre, wie er es sich so oft erträumt hatte. Sie wich nicht zurück, aber es dauerte einige Sekunden, bis sie ihren Mund bereitwillig öffnete und er eindringen konnte, noch etwas länger, bis sie den Kuss erwiderte und ihre Zunge sich auf das Spiel mit seiner einließ.

Er umfasste ihren Hinterkopf mit einer Hand und hielt sie fest, küsste sie weiter, während er mit der anderen Hand die Tasche von ihrem Arm streifte.

Sie sagte nichts mehr, und sie leistete keinen Widerstand, was ihn ermutigte. Er hob ihren gesunden Arm und drückte ihn mit einer Hand gegen die Wand zwischen der Kaffeemaschine und dem Kopiergerät, dann presste er sich selbst gegen sie und ließ sie seine Erregung spüren.

Sue atmete schwer und keuchte auf, als er endlich den Mund von ihr löste.

»Carl, um Gottes willen ...«, flüsterte sie, aber er verschloss ihre Lippen gleich wieder mit seinen und schob eine Hand unter ihre Kostümjacke, um die Knöpfe ihrer seriösen Bluse zu öffnen, vor Augen ihr Bild im Latexkleid, den entblößten, geschundenen Po.

Dabei hielt er ihren Arm weiter fest nach oben gegen die Wand gedrückt, als müsse er sie an einer Flucht hindern. Die Knöpfe lösten sich bereitwillig unter seinen Fingern, und er tastete ruhig und konzentriert nach ihren Brüsten. Ihre Nippel sprangen ihm aus dem feinen BH entgegen, und er zwirbelte sie zwischen zwei Fingern, bis sie leise seufzte.

»Jesus, Carl, doch nicht mitten ...« Wieder brachte er sie zum Schweigen, indem er seine Zunge tief in ihren

Mund bohrte und sie dort tanzen ließ. Es kostete ihn alle Überwindung und Beherrschung, die er aufbringen konnte, sie so zu nehmen, aber da sie sich nicht wehrte, sondern im Gegenteil ihr Becken immer weiter in seine Richtung schob, gab es auch keinen Anlass für ihn, aufzuhören.

Sein Schwanz versteifte sich immer mehr in der Anzughose, die langsam zu eng wurde, und er schob die harte Beule weiter gegen ihren Oberschenkel, damit sie ihn spüren konnte.

»Zieh dich aus«, sagte er dann und ließ abrupt von ihr ab. Sue keuchte auf und schüttelte entgeistert den Kopf, aber in ihren Augen loderten Flammen, sie funkelten und blitzten ihn an.

»Ausziehen«, sagte er wieder, diesmal mit drohendem Unterton, und blieb dicht vor ihr stehen.

»Wenn Mrs Ellis ...«, sagte Sue, aber er schüttelte nur den Kopf und öffnete ihre Jacke weiter. Dann riss er grob ihre Bluse auf, ein Knopf löste sich und hüpfte an ihm vorbei auf das Kopiergerät. Sie zitterte vor ihm, aber ihre Brustwarzen standen so steif aus der feinen Spitze des BHs hervor, dass es keiner weiteren Worte bedurfte. Ein gezielter Griff zwischen ihre Beine brachte die Wahrheit ans Licht – ihr Höschen war feucht. Ziemlich feucht sogar!

»Ausziehen, oder ich ...«

Sue nickte aufgeregt, ihre Wangen verfärbten sich dunkelrot. Aus der Hochsteckfrisur hatte sich eine Strähne gelöst, die ihr ins Gesicht fiel. Mit verschränkten Armen sah Carl zu, wie sie den Reißverschluss ihres Rockes öffnete und ihn zu Boden fallen ließ, dann griff er an ihren BH und zog die Spitzenkörbchen mit den Fingern nach unten, bis ihr Busen frei lag.

Ihre Brüste waren wunderschön, nicht zu groß, vor allem aber sehr fest und prall. Er leckte sich unwillkürlich über die Lippen und widerstand der Versuchung, sich über sie zu beugen und an den harten, rosa Spitzen zu saugen, die ihm entgegenragten.

Eine feine Gänsehaut überzog ihren Körper, und plötzlich sah sie so hilflos und unschuldig aus, wie sie dastand, mit der Schulter in der Schlinge und aufgerissenen Kleidern.

Konnte er das wirklich durchziehen? Er meinte, seine eigene Angst riechen zu können wie ein Hund, aber sie nahm sie offenbar nicht wahr. Ihre Unterlippe zitterte etwas, während sie ihn erwartungsvoll ansah.

Wieder drängte er ihren Körper mit seinem gegen die Wand und küsste sie hart. Er biss in ihre Unterlippe, bis er einen Tropfen Blut spürte, der ihn berauschte und ihm den Eindruck vermittelte, Macht über sie zu haben.

Sie atmete schwer unter ihm und wand sich ein wenig, aber er drückte sein ganzes Gewicht auf sie und hielt sie so fest. Dann griff er zwischen ihre Beine und streichelte ihre Perle durch den feuchten Slip hindurch.

»Oh Carl«, seufzte sie, und er zog das Spitzenhöschen mit einer Hand rasch herunter. Dann ging er vor ihr in die Knie und spreizte ihre Beine, um sie genau betrachten zu können.

Der Duft ihrer Möse und ihrer Lust drang in seine Nase, er atmete ihn tief ein. Er beugte sich nah über ihren Schoß, bis er die rasierte Spalte dicht vor Augen hatte, und inspizierte sie. Mit beiden Händen zog er ihre Schamlippen auseinander und atmete heiß gegen ihren Schritt, bis sie lustvoll keuchte.

Dann tat er so, als wolle er sie lecken, und als sich ihr Becken ihm entgegendrängte stand er rasch auf, presste seine Erektion wie eine Drohung gegen ihren Oberschenkel.

Sie war unglaublich feucht, und ihre Augen glänzten, als ihre Lippen kaum hörbar die Worte formten.

»Fick mich.« Er hatte sich sicher verhört, das konnte sie unmöglich gesagt haben, nicht Sue, nicht zu ihm, Carl, dem Kollegen, der seit Monaten nebenan im Büro saß und sich nach ihr verzehrte, zu schüchtern, um sie um ein Date zu bitten.

Die Worte schickten einen Stoß von Erregung in seinen Schritt, der ihn wie ein Stromschlag traf und durchzuckte, und ohne weitere Umschweife nestelte er den Reißverschluss seiner Anzughose auf und schob sein Glied in ihre nasse Mitte.

»Oh Gott«, stöhnte sie, während er heiß gegen ihre Wange atmete und sie rücksichtslos fickte, im Vorraum des Büros, jederzeit Gefahr laufend, dass ein Kollege oder gar Mrs Ellis hereinkommen und sie erwischen könnte. Doch daran dachte er jetzt nicht mehr, er war nur noch Lust und Gier und wollte sich mit ihr befriedigen.

Sie brauchte nur wenige Stöße, dann kam sie über ihm. Er spürte, wie sie sich um seine Härte verkrampfte, und mit einem lauten Aufkeuchen ergoss er sich in die Hitze, die sie verströmte.

»Wenn ich gewusst hätte, dass du dominant bist ...«, sagte Sue einige Minuten später, nachdem er ihr geholfen hatte, ihre Kleidung wieder zu richten. Er grinste schief.

»Nun ja«, sagte er. »Sagen wir – ich habe meine Ader gerade erst entdeckt ...«

Nächsten Freitag würde er sie fragen. Ganz sicher.

★★★

Das Geschenk

Ella kaute nervös auf ihren Nägeln und sah aus dem Fenster des fahrenden Wagens. Die Gegend, in die sie gebracht wurde, kannte sie nicht, aber sie vertraute Dean und verspürte keine Angst, nur ein nervöses Kribbeln in der Magengegend.

»Bitte legen Sie die Augenbinde jetzt an«, sagte der Fahrer, der durch eine halb geschlossene Glasscheibe von ihr getrennt war. Ella konnte sein Gesicht im Spiegel nicht erkennen, dafür sah sie seinen fleischigen Nacken mit den kurzen grauen Haaren umso deutlicher vor sich.

Mit klammen Händen griff sie auf die Rückbank und nahm das Tuch auf, das dort lag, um es sich um den Kopf zu legen. Sie hatte etwas Mühe, den rutschigen Stoff an ihrem Hinterkopf zu verknoten, schaffte es schließlich aber. Es wurde dunkel um sie herum, die vorbeifliegende Landschaft verschwand. Nur das Geräusch des Motors und das gelegentliche Husten des Fahrers erinnerten sie daran, dass sie unterwegs war, auf einer Reise mit unbekanntem Ziel.

»Ich werde dich verschenken, für ein ganzes Wochenende«, hatte Dean erst gestern Abend gesagt, als sie erschöpft und zärtlich aneinander gekuschelt im Bett gelegen hatten. Ella hatte erschreckt zu ihm aufgesehen, aber er beruhigte sie, natürlich.

»Dir wird nichts Schlimmes geschehen, glaube mir. Aber es gibt mir die Möglichkeit, dem exklusiven *Dark Desires*-Club beizutreten, und für dich bedeutet es, dass du deine Grenzen noch einmal ganz neu ausloten kannst, indem du herausfindest, wie sehr du dich mir zuliebe fremden Herren unterwerfen kannst. Hab keine Angst, ich werde immer in deiner Nähe sein, auch wenn du mich nicht siehst, und gut auf dich aufpassen.«

Er küsste sie sanft auf die Stirn und strich eine Haarsträhne aus ihrem Gesicht. Ella erschauerte bei der Erinnerung an seine Berührungen. Dean war der perfekte Meister für sie, und sie dankte dem Schicksal, dass es sie vor nunmehr zwei Jahren zusammengeführt hatte. Schon vom ersten Moment an hatte eine seltsame Vertrautheit zwischen ihnen bestanden, als würden sie sich ewig kennen. Seine dunklen Augen, die so sanft und nachgiebig waren und doch so lustvoll dominant funkeln konnten, erregten sie noch immer mehr als alles andere auf der Welt.

Sein beherrschtes Auftreten, das Köpfe drehte, wenn er einen Raum betrat, die ruhigen Gesten und die konzentrierte Mimik, der sie keine Empfindungen entnehmen konnte, wenn er es so wollte, machten ihn zu etwas ganz Besonderem.

Seufzend lehnte sie den Kopf zurück gegen den Rücksitz und schloss unter der Augenbinde die Lider.

»Wie lange fahren wir noch?«, wagte sie zu fragen, doch der Fahrer antwortete nicht. Der Wagen glitt in gleichmäßigem Tempo über die Landstraße, was ihr zeigte, dass sie noch immer außerhalb einer Ortschaft unterwegs waren, jedenfalls verringerte er das Tempo nicht. Wohin wurde sie gebracht? Dean hatte es ihr gestern nicht verraten wollen und behauptet, der Ort des Clubs sei ein Geheimnis.

»Du weißt, dass die Mitglieder in dem Club alle aus der besseren Gesellschaft stammen, einige davon sind sogar berühmt«, hatte er geduldig erklärt, und seine Augen glänzten bei den Worten. »Ich habe es nur dir zu verdanken, dass ich unter Umständen dort aufgenommen werden kann. Du hast neulich im *Tempel* die Aufmerksamkeit von Nelson erregt, dem Vorsitzenden, und er hat mich daraufhin angesprochen. Du erinnerst dich bestimmt noch an ihn?«

Und ob Ella sich erinnerte! Nelson war ein

dunkelhäutiger Riese, dessen körperliche Roheit ihr Schauer der Furcht und Erregung über den Körper gejagt hatten. Doch außer ihr im *Tempel* bei lustvollen Spielen mit Dean zuzusehen, machte er keine Anstalten an jenem Abend, sich ihr zu nähern. Der Gedanke, dass er nun in dem rätselhaften Privatclub auf sie warten würde, ließ Feuchtigkeit zwischen ihren Schenkeln aufsteigen.

»Ich habe gesehen, wie du auf ihn reagiert hast«, hatte Dean schmunzelnd gesagt und zum Spaß mit dem Zeigefinger gedroht. »Nicht, dass du dich noch in ihn verliebst!«

Ella empörte sich über diesen Verdacht.

»Ich liebe nur dich, das weißt du doch hoffentlich!« Trotzdem mochte sie es, dass Dean sie gern mit anderen Herren und auch Ladies teilte, denen sie als Lustsklavin zur Verfügung stand. Es erregte sie, anderen zu Willen zu sein und die Macht über ihren Körper abzugeben. Außerdem war es das Größte für sie, im Mittelpunkt der Aufmerksamkeit zu stehen, und wenn sie Dean richtig verstanden hatte, war sie an diesem Wochenende die einzige Sklavin im Club. Aufregend.

Wie viele Herren würden dort auf sie warten? Würde sie es überhaupt schaffen, allen Wünschen gerecht zu werden? Vielleicht kämen Forderungen auf sie zu, die sie nicht erfüllen konnte – und dann? Sie würde Dean enttäuschen, der seine Hoffnung in sie gesetzt hatte, und das war nun wirklich das Letzte, das sie wollte.

Nein, sie wollte versuchen, eine gehorsame Sklavin zu sein, wenn sich auch in ihrem Magen ein eisiger Klumpen bildete vor Anspannung. Ihr Strafbuch lag zu Hause im Schlafzimmer, denn Dean war der Meinung, dieses Wochenende müsse außerhalb der üblichen Regeln verlaufen.

»Die Clubherren machen ihre eigenen Regeln, und darauf habe ich keinen Einfluss. Daher müssen wir abwarten, was sie von dir erwarten, ich kann dir leider nicht dabei helfen.«

Sie spürte eine Gänsehaut auf ihrem Körper. Aufregung. Ihre Hände waren feucht und eiskalt, obwohl die Heizung im Wagen eingeschaltet war und warme Luft in ihr Gesicht hauchte. Auch unter ihren Achseln machte sich Nässe breit. Warum um alles in der Welt fühlte sie sich gerade, als würde ihr Körper abwechselnd heiß und kalt gebadet werden?

Der Wagen verlangsamte das Tempo und Ella horchte auf, als die Motorengeräusche sich veränderten. Der Fahrer sprach noch immer kein Wort, sie traute sich nicht mehr, ihn zu fragen. Wozu auch, wenn er sowieso eine Antwort schuldig blieb?

Dann blieb das Auto stehen, wenig später hörte sie die Fahrertür zuschlagen. Offenbar hatte der stiernackige Typ sie verlassen. Er würde sie ja hoffentlich nicht mutterseelenallein mitten im Wald aussetzen?! Ihre Finger zuckten kurz, wollten die seidige Augenbinde einfach vom Kopf ziehen, dann hätte sie sehen können, wo sie war. Sie widerstand der Versuchung und blieb stattdessen ruhig sitzen. Warten.

Es dauerte einige Minuten, die ihr viel länger vorkamen als sie wahrhaftig waren, dann wurde die hintere Tür geöffnet. Kühle Luft drang ins Innere des Wagens.

»Steig aus«, sagte der Fahrer, dessen Stimme heiser klang, und sie gehorchte. Mit beiden Händen tastete sie nach der Türöffnung und kletterte vorsichtig von der Rückbank. Sie konnte ihren eigenen Atem hören. Es roch nach Wald, nach Feuchtigkeit und Moos. Wo zum Teufel war sie gelandet?

»Ich habe Anweisung, dich anzukleiden, bevor wir hineingehen«, erklärte der Fahrer und räusperte sich. Ella nickte stumm und ließ die Arme hängen. Der Mann raschelte neben ihr mit einer Plastiktüte.

»Zieh dich aus«, befahl er dann mit kräftigerer Stimme. Sie gehorchte erneut. Sie war es gewohnt, auf Befehle zu reagieren, das hatte Dean ihr in den letzten Jahren beigebracht. Sie mochte es, klare Anweisungen zu bekommen, immerhin musste sie sich dann nicht selbst damit quälen, Entscheidungen zu treffen oder sich zu überlegen, was sie als Nächstes tun sollte.

Langsam streifte sie den dünnen Mantel ab und ließ ihn auf den unebenen Boden unter ihren Füßen fallen. Dann öffnete sie die Knöpfe des schlichten Kleides, das sie trug. Sie fröstelte, die kühle Luft traf auf ihre nackte Haut. Sie hörte den Fahrer schnaufen, als der glatte Stoff von ihren Schultern rutschte und ihren Körper entblößte.

Dann spürte sie seine Hände auf ihrer Haut. Er legte mit sicherem Griff etwas wie ein Stoffband um ihre Brüste, hinter ihrem Rücken zog er es stramm, sodass ihr Busen zusammengequetscht wurde, und verknotete es. Hinter ihr fummelte er weiter daran herum, es fühlte sich an als mache er eine sorgfältige Schleife in das seidige Band.

Sekunden später strichen seine Hände vorsichtig über ihre Schenkel. Ella erschauerte bei der sanften Berührung, doch sie blieb stocksteif stehen und ließ ihn weitermachen. Die Luft war feucht, der Nebel darin kitzelte in der Nase.

Der Fahrer legte ein weiteres Band um ihren Schoß. Der weiche Stoff strich über ihre Labien und blieb neben ihnen liegen, umrahmte ihre Spalte. Er zog noch ein paar Mal, dann befestigte er auch diesen Stoff hinter ihrem Rücken mit einem Knoten und arretierte die Bänder auf ihrem Steiß.

»So, das wäre geschafft.« Seine Stimme klang zufrieden, fast ein bisschen stolz, ihre Mundwinkel kräuselten sich amüsiert. Sie zog den Mantel, den er ihr fürsorglich um die Schultern legte, dankbar über ihrer Brust zusammen. Sie fühlte sich nicht nackt, obwohl sie wusste, dass ihre Haut nur noch ein paar Bänder zierten, mit zwei Schleifen auf ihrem Rücken. Verpackt wie ein Geschenk. Welche Farbe sie wohl hatten? Schwarz würde einen tollen Kontrast zu ihrer hellen Haut darstellen und perfekt zu ihren Haaren passen. Rot wäre verrucht und sexy. Vielleicht waren sie violett? Zartrosa, unschuldig? Oder gar weiß?

»Gehen wir«, sagte der Fahrer und griff nach ihrem Arm, um sie zu führen, schließlich war sie blind. Vorsichtig setzte sie einen Fuß vor den anderen. Der unebene Boden knirschte unter ihren hohen Absätzen, aber sie vertraute dem fremden Mann und folgte seinen Bewegungen.

Ihr Herz klopfte so laut, dass es die sie umgebende Stille durchbrach, nur das Knacken von Zweigen war zu hören.

Einige Minuten später warnte er sie vor einer Treppe, die sie langsam hinter ihm betrat. Dann hörte sie ein Klopfen, Metall auf Holz. Sekunden später wurde eine Tür geöffnet, knarrend und leise quietschend.

»Willkommen«, sagte eine helle Frauenstimme. Ella versuchte zu lächeln unter ihrer Augenbinde, doch sie war sich sicher, dass es vor Aufregung zu einer verzerrten Fratze geraten war.

»Ich bringe sie rein. Vielen Dank, Miguel.« Der Fahrer schob sie sanft nach vorn, und Ella stolperte beinahe in die Arme der unbekannten Frau, die sie in Empfang nahm. Die Tür fiel hinter ihr ins Schloss, die kühle, feuchte Luft verschwand und wich wohliger Wärme, die ihren Körper umhüllte. Die Frau zog den Mantel von Ellas Schulter und schnalzte mit der Zunge.

»Entzückend. Die Herren werden begeistert sein«, murmelte sie, was Ella als Kompliment wertete. Ihre Hand, die von der anderen Frau gegriffen wurde, fühlte sich feucht an, ihr Herz klopfte bis zum Hals als sie mitgezogen wurde. Die Absätze hallten in einem großen Raum wider, der Boden unter ihren Füßen fühlte sich glatt an. Das Geräusch ihrer eigenen Schritte erschreckte sie, und sie bemühte sich, gleichmäßig große Schritte zu machen, um nicht auszurutschen.

Dann betraten sie offenbar einen anderen Raum, der von männlichen Stimmen erfüllt war. Sie hörte die Männer sprechen, lachen, räuspern, hüsteln. Erst als die Frau neben ihr in die Hände klatschte, verstummte das Gewirr. Ella blieb atemlos stehen und senkte den Kopf. Die Hände legte sie sittsam hinter ihrem Rücken zusammen, die Beine presste sie zusammen, bis ihre Schenkel aneinander lagen, so wurde es doch sicherlich von ihr erwartet.

»Aah, da ist sie ja! Danke, Angela, dass du uns das kostbare Geschenk wohlbehalten gebracht hast.« Das Mädchen klapperte hinaus und schloss die Tür geräuschvoll.

Sie fühlte sich unwohl. Sie stand mit verbundenen Augen, so gut wie nackt, inmitten eines ihr unbekannten Raumes und wusste nicht, wer außer ihr hier war und sie begutachtete. Dann spürte sie sanfte Finger auf ihrem Oberarm. Erschreckt drehte sie sich ein wenig um. Vergebens. Sie sah noch immer nichts.

»Sschh, keine Angst«, sagte eine leise, ruhige Stimme, die einem schon etwas älteren Mann zu gehören schien. »Wir haben uns sehr auf dich gefreut, Ella. Nun lass uns dich einmal genauer in Augenschein nehmen.«

Zu den Fingern gesellten sich weitere. Hände glitten über ihre Beine und Schenkel, über ihren Bauch, ihren Po und ihren Rücken. Einige fordernd und die Festigkeit ihres Fleisches prüfend, andere sanft und beinahe kitzelnd, nur mit den Fingerspitzen ihre Haut kostend.

Sie erschauerte. Die feinen Härchen in ihrem Nacken stellten sich auf, als jemand ihre Haare zur Seite strich und offenbar mit dem Mund dicht über ihre Haut entlang glitt, sie spürte heißen Atem. Jemand fuhr mit einer Hand zwischen ihre Schenkel und strich über die Stoffbänder, die ihre Labien einrahmten, jedoch ohne sie direkt zu berühren. Sie hörte Atem, schnellen und aufgeregten Atem, ruhigen und leisen Atem, ein Hüsteln dann und wann, ein Räuspern.

Ihre Beine fingen an zu zittern, aber sie blieb stehen, mit gesenktem Kopf, duldete die fremden Liebkosungen, die eine Gänsehaut nach der anderen über ihren Körper jagten und ihren Saft steigen ließen.

»Nun, ich denke, wir haben uns einen ersten Eindruck verschafft von unserem großzügigen Geschenk«, sagte eine Stimme, die sie sofort erkannte. Es war die Stimme von Nelson, dem attraktiven Schwarzen, den sie im Club gesehen hatte. Sie erklang dicht neben ihr, und offenbar war es seine Hand, die beruhigend auf ihrem Hintern ruhte und mit dem Daumen sanft über die Rundungen strich.

»Es ist dann wohl an der Zeit, dass wir die Augenbinde entfernen, damit du sehen

kannst, wer dich hier erwartet.«

Ihr Herzschlag beschleunigte sich bei der Ankündigung, dann verließen die Hände ihren Po und machten sich an ihrem Hinterkopf zu schaffen. Das seidige Tuch rutschte von ihren Augen.

Sie zwinkerte irritiert gegen die plötzliche Helligkeit und sah sich hastig um. Der Raum war hoch und groß wie eine Kathedrale, ein riesiger Kronleuchter spendete warmes Licht, die unzähligen Kristalle glitzerten. Ihre Augen flogen durch den Saal, konnten sich kaum lösen von den vielen Details, die sie erhaschten. Schwere Vorhänge, gerahmte Ölbilder mit moderner Kunst, hinten eine Ansammlung von Polstermöbeln, die antik aussahen.

Dann wagte sie einen Blick auf die Männer, die sie umringten. Sie zählte fünfzehn von ihnen, einige wenige kannte sie vom Sehen her aus dem *Tempel*.

Offenbar vergnügten sich die Mitglieder des exklusiven Privatclubs hin und wieder gern unter gewöhnlichen Menschen.

»Senke deinen Blick, Sklavin!« Nelsons tiefe Stimme riss sie aus ihren Gedanken, und sie schlug erschreckt die Augen nieder. Ihr Kinn behielt sie dabei aufrecht, wie Dean es sie jahrelang gelehrt hatte. *Eine wahre demütige Haltung zeichnet sich dadurch aus, dass die Sklavin Stolz verkörpert, in jeder Lage.* Trotzdem hätte sie die Herren natürlich nicht so neugierig mustern dürfen. Ob sie für dieses erste Vergehen auch gleich bestraft würde? Sie versuchte, ihre zitternden Finger zu beruhigen und umklammerte sie fest hinter ihrem Rücken.

»Nun, du bist uns von deinem Meister Dean zum Geschenk gemacht worden, wie du weißt«, sagte Nelson und ging langsam um sie herum, als wolle er sie von allen Seiten ausgiebig betrachten. Ella schluckte hart, hielt die Augen aber starr auf den Marmorboden zu ihren Füßen gerichtet und wagte nicht mehr, ihn anzusehen, bis er es verlangte.

»Da ich annehme, dass dein Meister dich gut erzogen hat, bist du mit den üblichen Sklavenregeln sicher vertraut. Nicke, wenn du mir zustimmst.«

Ella nickte und biss sich vor Aufregung auf die Unterlippe. Dean war kein besonders strenger Meister, würden seine Erziehungsmethoden den Ansprüchen des Clubs gerecht werden?

»Wenn du Regeln brichst, werden wir dich bestrafen. Ich denke, das ist klar. Ob die Strafe sofort erfolgt oder wir einige Verstöße sammeln und dich später dafür bestrafen, entscheiden wir. Für dich wird die Strafe in jedem Fall überraschend und ohne Vorwarnung kommen. Nicke, wenn du das verstanden hast.«

Sie nickte erneut. Eine Haarsträhne fiel ihr ins Gesicht und trübte ihren Blick auf den Boden, aber sie hielt die Hände fest hinter dem Rücken umklammert und wagte nicht, sie zurückzuschieben.

Nelson blieb dicht vor ihr stehen. Im Club hatte sie darüber gestaunt, dass er den Kopf einziehen musste, als er den Raum betrat. Seine Schultern hatten kaum durch die schmale Türöffnung gepasst, nur wenige Zentimeter Platz blieben zwischen ihnen und dem Türrahmen. Kein Wunder, dass er der Chef dieses Clubs war – neben seiner Prominenz als Moderator einer TV-Sendung hatten sein Auftreten und seine Aura sicherlich nicht nur auf sie eine betörende Wirkung.

Sie atmete den Duft seines After Shaves ein, das herb und männlich roch und sich mit ihrem eigenen Parfum, das sie nur sparsam aufgetragen hatte, vermischte. Sie sah ein schwarzes Hemd, dessen oberer Knopf geöffnet war, und eine dunkle Hose, deren Stoff von den Muskeln seiner Oberschenkel gespannt wurde.

Unwillkürlich leckte sie sich über die Lippen, als ihr Blick auf seinen Schritt fiel. Obwohl er sicherlich noch keine Erektion hatte, zeichnete sich sein Geschlecht deutlich unter dem Stoff ab. Ob es genauso groß war wie der ganze Kerl?

Und wo war eigentlich Dean? Er hatte versprochen, auf sie aufzupassen, aber sie hatte ihn in der Runde der Männer vorhin nicht entdeckt. Nervös verlagerte sie das Gewicht von einem Bein auf das andere und hob die Schultern wieder an, die ein wenig schmerzten.

»Du wirkst etwas nervös, Sklavin«, sagte Nelson, der noch immer so dicht bei ihr stand, dass sie seinen Atem auf der Haut spüren konnte. Sie war tatsächlich verpackt wie ein Geschenk, der Fahrer hatte die Schleifen offenbar nur hinten geschnürt, denn vorn sah sie nur kaum eine Hand breite, schwarze Stoffstreifen, die ihren Körper nicht wirklich verhüllten und von ihren Brüsten nur die Nippel bedeckten.

»Es gibt keinen Grund dafür, glaube mir. Du wirst deinem Meister einen großen Wunsch erfüllen, wenn du dich heute Nacht wohl verhältst und uns allen Freude machst. Das weißt du, oder?« Seine Stimme klang weicher jetzt, beinahe zärtlich. Ella atmete tief ein und nickte wieder stumm. Die Anspannung ließ ihre Schulter weiter schmerzen, sie spürte, wie sich der Muskel darin verhärtete und versuchte, sich heimlich ein wenig zu lockern.

»Folge mir«, sagte Nelson. Sie ging langsam mit gesenktem Blick hinter ihm her und versuchte, seine Füße zu fixieren, um den Weg durch den riesigen Saal nicht zu verlieren. Der Marmorboden unter ihren Füßen glänzte frisch poliert, hoffentlich rutschte sie nicht aus. Peinlich.

Vor der Möbelgruppe am Ende blieb er endlich stehen. Die anderen Männer waren ihnen unter leisem Gemurmel gefolgt, wie eine Prozession. Sie hörte die Schritte der groben Männerschuhe hinter sich.

»Knie dich hier hin, auf alle Viere«, bestimmte Nelson und zeigte auf die Mitte zwischen all den verschiedenen Sitzmöbeln. Dicker Samt und kühles Leder wechselten sich ab, antike Sessel mischten sich mit modernen Sofas und Hockern, eine extravagante Ansammlung. Sie zögerte nur kurz, dann gehorchte sie seinem Befehl mit zittrigen Knien. Als sie auf dem harten Marmor kniete spürte sie, dass jemand die Schleifen auf ihrem Rücken löste. Die schwarzen Bänder fielen zu Boden, sie war nackt.

»Spreiz die Beine ein bisschen, kleine Sklavin«, sagte Nelson, seine Stimme erregte und beruhigte sie zugleich, sie war warm und weich und doch so fordernd. Sie folgte dem Befehl stumm und spürte, dass sie schon feucht wurde im Schritt. Hoffentlich würde das keiner der Männer bemerken? Es war sicher gegen die Regeln einer Sklavin, solche Empfindungen zu haben, ohne dass man sich bereits um sie kümmerte.

Nach und nach nahmen die Männer auf den Sofas und Sesseln um sie herum Platz. Leises Klappern von Absätzen hinter ihr zeugte davon, dass die Frau, die sie in Empfang genommen hatte, den Raum wieder betreten hatte, aber Ella wagte nicht, den Blick zu heben um zu sehen, was sie hier tat. Stumm blieb sie auf allen Vieren auf dem kalten Stein hocken und wartete.

Die Männer plauderten angeregt miteinander und beachteten sie nicht weiter. Sie sprachen über gemeinsame Bekannte und das Wetter, über Geschäfte und Börsenkurs, und fast hätte sie geglaubt, es sei eine ganz normale Gesellschaft, wenn sie nicht nackt zwischen ihnen auf dem

Boden gekniet hätte.

Dann spürte sie, wie jemand etwas auf ihrem Rücken abstellte. Es war kühl und glatt. Ein Glas?

Ein zweites folgte, einige der Männer lachten. Einer schob den schmalen Stiel, offenbar eines Sektglases, zwischen ihre Pobacken und fummelte so lange daran herum, bis es dazwischen stecken blieb. Ella kniff die Augen zu und schluckte.

Ein Möbelstück. Das Spiel hatte sie mit Dean auch das ein oder andere Mal gespielt, aber es gehörte nicht gerade zu ihren Stärken. Ihre Muskeln waren nicht ausgeprägt genug und sie konnte nie lange genug so ruhig bleiben, dass nichts von ihr herunterfiel. Bei Dean waren es dabei nur höchstens drei Dinge gewesen, inzwischen spürte sie aber schon mindestens sechs oder sieben Gläser auf ihrem Rücken.

Ihre Oberschenkel zitterten vor Anstrengung, sie konzentrierte sich. Tief ein- und ausatmend versuchte sie, die Gläser zu balancieren, doch das ein oder andere wackelte schon bedenklich, das konnte sie fühlen.

Die Männer kümmerten sich nicht um sie. Sie redeten weiter miteinander, als sei sie gar nicht da, und diese Unaufmerksamkeit erregte und ärgerte sie zugleich. Sie war nackt und kniete inmitten der Gesellschaft, warum behandelten sie sie nicht so, wie es sich für eine stolze Sklavin gehörte?

Sie bemühte sich weiter ruhig atmend, das Gleichgewicht zu halten und nicht zu sehr zu wackeln. Dann nahmen einige Männer ein Glas von ihr hoch, Hände streiften dabei ihren Körper, strichen über ihre Haut, glitten gegen ihre Nippel, die vor Anspannung schon steif geworden waren. Nur kurz, nur sacht, kaum spürbar, wie ein Windhauch, und doch sorgte diese winzige Berührung für eine prickelnde Gänsehaut.

Ein anderer berührte mit seinen Fingern ihre Spalte, fuhr zart zwischen die Labien, die sich öffneten, ihre Pussy verlangte schon jetzt nach mehr. Lusttropfen lösten sich aus ihr, aber sie konzentrierte sich weiter. Jeder Kontakt erschwerte ihre Bemühungen, ruhig zu bleiben, sie wusste, dass die Männer genau das erreichen wollten mit ihren kleinen Liebkosungen. Sie suchten einen Grund, sie zu bestrafen. Sollte sie sich danach sehnen? Oder sollte sie das Spiel so lange wie möglich durchhalten, um zu beweisen, wie gut sie war?

Sie spannte die Muskeln weiter an und atmete so flach wie möglich. Dann versuchte sie sich vorzustellen, wirklich ein Tisch zu sein. Ein elegant geformter Tisch, natürlich, mit Brüsten, die man liebkosen wollte und einem Hintern, der zu frivolen Neckereien einlud. Die blieben auch nicht aus, immer häufiger griffen Hände nach ihr und berührten sie hier und da, nur sacht, nur vorsichtig, aber dadurch umso erregender. Quälend.

Noch immer sprach niemand mit ihr oder auch nur über sie, die Männer redeten weiter über belanglose Dinge und schienen keine Notiz von ihr zu nehmen, bis wieder eine fremde Hand sie in die Wirklichkeit zurückholte und über ihren Kitzler glitt oder kurz ihre Nippel zwischen zwei Finger nahm und sanft drückte.

Nach einer guten halben Stunde waren ihre Arme eingeschlafen und drohten, taub zu werden. Ihre Oberschenkel zitterten immer unkontrollierter vor Anspannung, und sie ahnte schon, dass sie sich nicht mehr zu lange halten können würde. Einige Gläser klirrten schon gegeneinander, wenn sie versehentlich zu tief einatmete, und obwohl die Männer noch immer weiter parlierten wusste sie, dass sie insgeheim alle nur auf ihren ersten Fehler warteten. Spannung.

Das erste Glas, das zu Boden und zu Bruch ging, würde eine Strafe folgen lassen, soviel war sicher.

Erregt presste sie die Pobacken fester zusammen. Der kühle Stiel des Glases dazwischen erinnerte sie an einen kleinen Finger, der ihren Anus streichelte, um sie vorzubereiten.

Wieder eine Hand, diesmal direkt an ihrer Pussy. Sie teilte sie und glitt ganz kurz hinein in sie, zog eine Spur von Feuchte heraus bevor sie verschwand und jemand ein Glas von ihrem Rücken nahm, bevor ein neues abgestellt wurde. Eine raue Hand mit nassen Fingern strich von unten über ihre Knospe, offenbar hatte der Mann sie mit einem Getränk benässt. Die kalte, aber geschmeidige Berührung ihrer empfindlichsten Stelle ließ ihr Herz schneller schlagen, zwischen ihren Beinen sammelte sich pochend die Lust. Schon klirrten die Gläser auf ihrem Rücken, einer der Männer lachte heiser als sie gegeneinander stießen.

Schweißperlen traten auf ihren Rücken, kühlten die erhitzte Haut. Ihre Hände fingen an zu kribbeln, obwohl sie nicht wagte, sich zu bewegen, trotzdem schien ihr Körper willens zu sein, diese ungewohnte Ruheposition bald zu beenden. Die nasse Hand rieb kreisförmig über ihren Kitzler.

Sie stöhnte leise auf und kniff die Augen wieder fest zu. Ihr ganzer Körper gierte danach, endlich richtig berührt zu werden. Sie wollte bemerkt werden, wollte die Aufmerksamkeit der Männer, sie wollte kein Tisch mehr sein, sondern eine Frau, eine Sklavin, die allein zur Erfüllung der Gelüste hier war.

Die Hand zwischen ihren Beinen wurde fordernder und kreiste mit einer Fingerkuppe auf ihrer Klit, die sich stetig vergrößerte. Dann zog jemand das Glas zwischen ihren Pobacken hervor und ersetzte es durch einen weiteren Finger, der ihren Anus rieb, zärtlich und sanft nur, ohne zu fordern, ohne zu verlangen.

Eine Hand tastete nach ihren Brüsten und knetete die linke, während eine andere in die rechte Brustwarze kniff. Die Männer redeten weiter miteinander als würde nichts geschehen. Schweiß löste sich aus ihrem Nacken und rann zwischen den Schulterblättern entlang nach unten, verursachte erneut eine Gänsehaut und ließ mit einem plötzlichen Aufzucken ihrer gespannten Schultern gleich mehrere der Gläser umkippen.

Es klirrte, es spritzte, als die Getränke sich neben ihr auf dem Boden ergossen, Glassplitter flogen über den Marmor und blieben neben ihren tauben Händen liegen.

Ella unterdrückte ein erleichtertes Aufstöhnen. Alle Finger zogen sich abrupt von ihrem Körper zurück, und Nelson räusperte sich vernehmlich.

»Wie schade, ich dachte, ich hätte einen dauerhaften neuen Tisch gefunden«, sagte er, während Ella darüber nachdachte, ob sie sich vor der nun sicher folgenden Bestrafung fürchten oder lieber froh darüber sein sollte, endlich von dieser ungeheuren Anstrengung erlöst zu werden.

»Wessen Gläser sind heruntergefallen?« Einige Männer meldeten sich zu Wort, Ella zählte fünf verschiedene Stimmen. Klebrige Flüssigkeit kroch über den Marmor und benetzte ihre Knie.

»Dann ist es an euch, unsere Tischsklavin für ihr Fehlverhalten zu bestrafen«, bestimmte Nelson und stand auf. Die Ledersohlen seiner Schuhe knirschten auf dem glatten Fußboden. Er schob einige Scherben mit den Füßen zur Seite und hieß Ella, aufzustehen.

Mühsam rappelte sie sich auf, als ihre Beine den Dienst versagten und einknickten, wurde sie von mehreren starken Armen aufgefangen. Dankbar lächelte sie, ohne den Blick vom Boden zu heben.

»Nun, was gedenkt ihr, mit ihr zu tun?«

Zitternd blieb Ella stehen, von Händen gestützt, und wagte kaum zu atmen.

»Sie soll mir einen blasen«, sagte einer der Männer, und ein anderer gluckste amüsiert.

»Ich werde ihr für jedes zerbrochene Glas fünf Hiebe mit der siebenschwänzigen Katze verpassen.« Ella zuckte unwillkürlich zusammen. Schmerzen gehörten für sie zu ihrem Sklavenleben dazu wie für andere Menschen die

Zahnpasta, aber sie liebte sie nicht.

Sie erduldete und ertrug sie, um stärker zu werden, um Dean zu gefallen, und sie verstand, dass sie zur Erziehung notwendig waren, aber nie wäre ihr eingefallen, Dean freiwillig darum zu bitten. Natürlich blieben die Hiebe, die er sie gelegentlich spüren ließ, nicht ohne körperliche Auswirkung und erregten sie sogar meistens, aber sie hatte es noch nicht geschafft, den Schmerz wirklich in Lust zu verwandeln.

»Bevor du das tust, Eric, muss ich sie erst aufwärmen«, sagte ein weiterer Mann. »Dazu werde ich ihren hübschen Hintern ein wenig mit meinem Paddle bearbeiten.«

Ella biss auf die Unterlippe und schluckte wieder. Immerhin wussten die Männer offenbar, was sie taten, das beruhigte sie. Und hatte Dean nicht versprochen, immer auf sie aufzupassen, selbst wenn sie ihn nicht sehen konnte? Darauf musste sie nun einfach vertrauen. Der Gedanke an den geliebten Meister ließ Wärme in ihr aufsteigen, und ihr Herzschlag beruhigte sich etwas.

»Dann werde ich mir ihren entzückenden Arsch vornehmen, während ihr sie züchtigt«, sagte ein vierter Mann, und Ella fragte sich, ob Nelson der Fünfte war, dessen Glas sie zerstört hatte, oder warum sich sonst niemand mehr meldete.

»Waltet eures Amtes«, sagte er jedoch, und sie sah sein Schmunzeln förmlich vor sich bei den Worten. »Wir werden den Anblick zu genießen wissen. Sklavin, du darfst jetzt aufsehen. Ab sofort bestimmen diese fünf Herren über dich.«

Ein großer, dunkelhaariger Mann setzte sich auf einen der Sessel und winkte sie zu sich. Sie kannte ihn nicht, aber er schien nur wenige Jahre älter als sie zu sein. Lange Koteletten an den Wangen gaben ihm ein etwas altertümliches Aussehen, was durch eine sehr schmal geschnittene lange Sakkojacke noch verstärkt wurde. *Offenbar ein reicher Schnösel, ein Kauz, der sich für einen modernen Dandy hält,* dachte sie kniff die Lippen zusammen, um das Grinsen zu unterdrücken. Dann wurde sie nach unten gedrückt, von mehreren Händen, und musste sich erneut auf den harten Marmorboden knien. Neben ihr entdeckte sie aus den Augenwinkeln eine junge Frau, die mit einem Kehrblech die Scherben auffegte. Sie war nackt bis auf ein Paar hochhackige Pumps und eine weiße Kellnerhaube auf dem Kopf. Ihre großen Brüste hingen schwer herab, während sie auf allen Vieren die Beweise für ihr Versagen entfernte.

Der dunkelhaarige Mann öffnete den Reißverschluss seiner Hose und entblößte ein nicht unansehnliches, aber noch schlaffes Glied. Ella verstand und rutschte näher an ihn heran, während sich von hinten ein weiterer Mann schon an ihrem Hintern zu schaffen machte. Kühle Feuchtigkeit breitete sich zwischen ihren gespreizten Pobacken aus, und sie erschauerte, als ein Finger mehrmals über den engen Ring strich, kreisförmig massierend, um sie zu öffnen.

Noch bevor sie sich um den Schwanz vor ihrer Nase kümmern konnte, klatschte ein Lederpaddle auf ihren Hintern. Unwillkürlich spannte sie die Pobacken an, in Erwartung des nächsten Hiebes. Es tat nicht wirklich weh, es hinterließ prickelnde Wärme, als das Blut in ihre Backen schoss. Er schlug erneut zu, küsste ihre Haut mit dem dünnen Paddle, das nach Leder roch und helle Geräusche machte, wenn es sie traf.

»Lutsch ihn«, sagte der Dunkelhaarige auf dem Sessel vor ihr und griff unter ihr Kinn, um ihren Kopf zu heben. »Und sieh mich an dabei.«

Ella hob dankbar für die Ablenkung den Blick und sah dem Fremden in die Augen. Sie waren braun und von beeindruckender Tiefe, aber auch gefährlich. Keine Emotionen konnte sie aus seinem Gesicht lesen. Vorsichtig beugte sie sich weiter vor und streckte die Zunge heraus, um an dem fremden Glied zu lecken. Sie strich längs über den Schaft und kitzelte die empfindliche Spitze, bis die zarte Haut darum sich langsam löste.

Sie öffnete den Mund und nahm ihn in sich auf, fuhr mit den Lippen auf und ab, saugte zwischendurch sanft an der Eichel und versuchte, ihn zu so tief wie möglich zu schlucken. Sie genoss das Gefühl, wie er sich in ihrem Mund langsam verhärtete und wuchs, es machte sie stolz.

Wieder schlug das Paddle zu, diesmal von vorn auf ihre Oberschenkel, die von dem langen ruhigen Hocken noch fast taub waren. Nun kribbelten sie wie tausend Ameisen, als sie sich plötzlich mit Blut füllten, und rissen Ella zu einem leisen Stöhnen hin. Der Mann, der das Paddle hielt, lachte heiser.

»Scheint der kleinen Schlampe zu gefallen«, sagte er. »Wie sehr wird sie dann erst deine Katze genießen, Eric?« Der Angesprochene schnaufte verächtlich.

»Ich werde ihr schon zeigen, was Lustschmerz bedeutet«, antwortete er und ließ wie zur Betonung seiner Worte eine Peitsche durch die Luft sausen. Das zischende Geräusch ging Ella durch Mark und Bein, sodass sie sich kaum noch auf den Schwanz zwischen ihren Lippen konzentrieren konnte. Zudem hatte sich zu dem Finger zwischen ihren Pobacken ein zweiter gesellt, der nun in sie eindrang und ihren mit Gleitgel geschmierten Hintern erkundete.

Es brannte, als sie eine Schwanzspitze an ihrem Anus spürte. Unwillkürlich hielt sie beim Lecken inne und atmete tief ein, als sich die Eichel in sie hineinbohrte. Er war nicht vorsichtig, sondern fordernd, beinahe grob. Als er sie genug geöffnet hatte, drang er mit einem harten Stoß ganz in sie ein. Ella schrie auf, als der erste Schmerz sie durchzuckte, und es dauerte eine Sekunde bis sie feststellte, dass es nicht der Schmerz in ihrem Anus war, der sie dazu brachte, sondern das Beißen der mehrschwänzigen Peitsche, die gleichzeitig ihren

Oberschenkel getroffen hatte.

Der Mann vor ihr ergriff ungeduldig mit beiden Händen ihren Kopf und drückte ihn fester gegen seinen Schritt. Er war in ihrem Mund zu beträchtlicher Größe gewachsen und sie hatte Mühe, ihn ganz aufzunehmen. Doch er stieß hemmungslos mit dem Becken nach vorn und benutzte ihren Mund, wie die Öffnung einer Gummipuppe.

Der Schwanz in ihrem Hintern war zum Glück nicht besonders dick, füllte sie aber trotzdem aus. Der Saft ihrer Erregung schwoll zwischen ihren Schamlippen, Tropfen lösten sich. Sie konzentrierte sich darauf, den Schwanz des Dunkelhaarigen zu lutschen und gleichzeitig die Stöße des anderen Mannes in ihren Anus zu erwidern.

»Nehmt die kleine Schlampe ordentlich ran«, sagte Nelson von der Seite. »Wenn ich sie richtig beobachte, gefällt ihr das noch viel zu gut.« Der Typ hinter ihr grunzte zustimmend und stieß kräftiger zu, dehnte den engen Ring weiter, ließ sie all seine Kraft spüren.

Ella stöhnte unterdrückt. Sie schmeckte schon die ersten Tropfen auf der Zunge, die aus der prallen Eichel hervorquollen. Die Adern zeichneten sich deutlich unter der gespannten Haut ab, wie ein feines Relief rieben sie gegen ihre Zunge.

»Dir ist klar, dass du bis Sonntag Abend selbst nicht kommen darfst«, mischte sich Nelson von der Seite ein. »Und versuche nicht, mich zu hintergehen. Ich werde es sofort merken, wenn du ungehorsam bist, und die Strafe, die dich dann erwartet, kannst du dir nicht einmal ausmalen.««

Einige der anderen Männer lachten rau bei seinen Worten, aber Ella nahm die Geräusche um sie herum nur noch dumpf wahr, als hätte sie Watte im Ohr, übertönt von dem Rauschen ihres eigenen Blutes. Ihr Puls beschleunigte sich weiter, und sie war froh, dass sich niemand um ihre heiße Spalte kümmerte. Sie fürchtete, bei jeder kleinen Berührung unweigerlich kommen zu müssen, welche

Strafe das auch immer nach sich ziehen würde.

Statt ihr selbst kam zuerst der Mann hinter ihr, der sich plötzlich mit einem Ruck aus ihrem Hintern zog und laut stöhnend seinen Saft auf ihren Rücken und ihre Pobacken spritzte. Heiß und zäh klatschte sein Samen auf ihre Haut, mischte sich mit dem Prickeln, das Paddle und Peitsche hervorgerufen hatten. Unmittelbar danach stöhnte der Dunkle im Sessel.

»Ich komme, oh ja, ich komme!« Er hielt ihren Kopf mit beiden Händen so fest, dass sie sich kaum mehr bewegen konnte. Wie ein Schraubstock umklammerte er ihr Gesicht, dann spritzte er tief in ihren Mund. Sie schluckte mit brennenden Augen die bitter schmeckende Flüssigkeit. Ihr Kitzler klopfte so heftig, dass ihr beinahe schwindelig wurde, alles Blut hatte ihren Kopf verlassen und versammelte sich in ihrer Mitte, die um Erlösung bettelte.

Dann reinigte der blonde Eric ihren Hintern mit Hilfe der mehrschwänzigen Peitsche von den Spermaspuren. Ella unterdrückte einen Aufschrei, als das Leder sie küsste, und kniff die Augen zu, bis er endlich von ihr abließ.

Sie hatte vier Männer gezählt – wo war der Fünfte? Vorsichtig wandte sie den Kopf und sah sich um, bis ihre Augen auf Nelson trafen. Sein Mund war zu einem breiten Grinsen verzogen, in der Hand hielt er seine erigierte Härte, die sie schlucken ließ. Speichel sammelte sich in ihrem Mund bei seinem Anblick, und ihre Finger prickelten. Erwartungsvoll blieb sie sitzen und sah ihn weiter an, er hatte es schließlich nicht verboten.

Die anderen Männer zogen sich zurück und nahmen wieder auf Sesseln und Sofas Platz. Niemand spielte sich an herum, sie waren offenbar Meister der Selbstbeherrschung. Im Gegensatz zu ihr.

Ihre Pussy brannte förmlich vor Verlangen, sie war regelrecht nass und gierte nun nach Nelsons Schwanz, der in der Tat an Größe seinem Besitzer ähnelte. Der dicke Schaft, von seiner Faust umklammert, aus der oben eine rosa Eichel hervortrat, ließ sie zusammenzucken. Nelson näherte sich ihr und setzte sich auf den Sessel, auf dem zuvor der Dunkelhaarige gesessen hatte. Dann nickte er jemandem zu.

Sie konnte die Augen nicht von ihm lösen, doch zwei Paar Hände griffen unter ihre Oberarme und zogen sie hoch. Dann wurde sie umgedreht und mit dem Rücken zu ihm auf Nelsons Schoß platziert.

Mit beiden Händen drückte er ihre Schultern nach unten und drang sofort in sie ein, schnell und ruckartig. Ella holte tief Luft, um nicht zu schreien. Es tat weh, er war riesig, dick und groß, er hatte sie nicht vorbereitet und sie mit einem Mal so gedehnt, dass es schmerzte. Doch der Schmerz wich schnell einer ungeheuren Lust, einer Erfüllung, einem Pochen und Zerren in ihrer Pussy, die sich danach gesehnt zu haben schien.

Nelson hielt sie an den Hüften fest und ließ sie auf sich reiten. Immer wieder trieb er seinen Schwanz in sie hinein, tief, fest, sie keuchte, sah die anderen Männer nicht mehr, die um sie herum standen und saßen und sie beobachteten.

Dann legte er eine Hand um ihr Becken herum und rieb langsam ihre Klit. Sie stöhnte auf.

»Unfair«, wagte sie zu murmeln, biss die Zähne zusammen, als er hinter ihr lachte, starrte in ihren Schoß und sah den mächtigen, schwarzen Penis, der ihre rosa Spalte zerteilte und durchpflügte. Ein Zittern überfiel ihren ganzen Körper, sie versuchte sich abzulenken, dachte an die Einkäufe, die sie gestern erledigt hatte, an Hausarbeit, die liegen geblieben war, an den losen Faden, der vom Hemd eines der Männer herabhing, um nicht zu kommen. Sie musste sich bemühen, sie war eine gute Sklavin, sie durfte nicht, sie konnte nicht kommen, musste entspannt bleiben, obwohl der riesige Schwanz sie so gut vögelte, so gut.

»Aaaaah«, entfuhr ihr, ihre Stimme klang fremd in ihren Ohren, es war nicht ihre Stimme, die sie hörte, und es war auch nicht ihr Körper, der in den verbotenen Höhepunkt raste und sie schüttelte. Nelson lachte erneut, dann spürte sie sein Zucken, das sich mit ihrem mischte, sie hatte ihn mitgenommen, mitgerissen in die Welle ihrer Lust, und er keuchte leise als er sich in sie ergoss.

Erschöpft rutschte sie von seinem Schoß und sank auf den Boden. Jemand reichte ihr ein Glas und hielt es an ihre Lippen. Sie trank gierig, es war säuerlicher Weißwein, der den Geschmack der männlichen Lust runterspülte, den einer der Männer in ihrem Mund hinterlassen hatte.

»Du hast dich gut gemacht, sehr tapfer«, sagte Nelson, und Ella lächelte, ohne den Blick zu heben. Sie fühlte sich benutzt, Hintern und Schenkel brannten von den Hieben, und zwischen ihren Beinen brannte die Haut, als sei sie wund gerieben.

»Allerdings hast du gegen meine Regel verstoßen, und dafür werden wir dich natürlich bestrafen müssen. Das verstehst du sicher.« Sie nickte und starrte auf den Marmor, auf dem sie kniete.

Die Männer fingen wieder an zu plaudern und ließen sie in ihrer Mitte hocken, unbeachtet. Zwischen ihren Beinen kribbelte und brannte es, noch immer hielt sie den Rücken durchgestreckt, den Kopf aufgerichtet, die Augen gesenkt, wie sie es gelernt hatte. Stolze Demut.

Viele Gerüchte rankten sich um den privaten Club, geschürt von Neid und der Sehnsucht, dazuzugehören, doch die Frauen, die einmal hier eingeführt worden waren mussten schweigen und durften nicht über ihre Erlebnisse sprechen.

Ella biss auf ihre Wangen und presste die Oberschenkel zusammen. Ihre Beine schmerzten von dem langen Knien auf dem harten Marmorboden, und noch immer zitterten sie. Wie lange würde sie hier so verharren müssen, darauf wartend, dass man sich endlich wieder um sie kümmerte?

Nelson saß mit leicht auseinander gestellten Beinen auf einem Sessel direkt neben ihr. Eine Hand hatte er lässig in den Schritt gelegt, der wieder unter der dunklen Hose verborgen lag. Welche Strafe hatte er vorbereitet für sie?

Sie war gut darin, Dean mit kleinen Höhepunkten zu betrügen, und manchmal hatte sie Glück und er bemerkte es nicht, dass sie ohne sein Einverständnis doch gekommen war. Aber Nelson war offenbar erfahrener, und zum anderen war es nicht einmal ein kleiner Höhepunkt gewesen. Noch immer spürte sie das Nachbeben in ihrem Leib.

»Es ist Zeit für dich, zu Bett zu gehen«, sagte Nelson plötzlich, ein Gespräch unterbrechend, und stand auf. Ihr Körper zuckte auf, als wolle er protestieren. Meinte er etwa sie? Warum sollte sie schon ins Bett gehen? Der Abend hatte doch gerade erst begonnen, und es war nicht anzunehmen, dass die Männer schon fertig waren mit dem Ausprobieren ihres »Geschenks«. Was war mit den anderen zehn Männern, die ja noch gar nicht zum Zuge gekommen waren?

»Sarina wird dich in dein Zimmer bringen und dir Anweisungen für die kommende Nacht geben.« Er klatschte kurz in die Hände, und Sekunden später öffnete sich die breite Flügeltür des Saales.

Die nackte junge Frau, die wohl eine Art Dienstmädchen darstellte, erschien und durchschritt den Raum, ihre Absätze klapperten auf dem Marmor. Sie nahm Ellas Hand und zog sie sanft, aber bestimmt hinter sich her. Unter dem Murmeln der Männer verließen sie den Saal und betraten ein großzügiges Foyer, das Ella zum ersten Mal sah. Bei ihrem Eintreten in das Haus, das offenbar kein Haus, sondern ein Schloss oder eine Villa war, hatte die Augenbinde sie erblindet.

Sie wagte nun, hinter dem nackten Mädchen herlaufend, den Blick schweifen zu lassen. Die breite Treppe nach oben war wie der Fußboden aus glänzendem

Marmor, schwarzweiß, das Metallgeländer funkelte im Schein der Kronleuchter wie dunkles Gold. An der Wand über den Stufen hingen Bilder, kunstvolle Ölschinken mit erotischen Motiven, die viel zu kitschig waren für das, was der Club eigentlich darstellte.

Sarina sprach kein Wort und Ella folgte ihr stumm. Was hatten sie mit ihr vor, dass sie schon jetzt auf ein Zimmer gebracht wurde? Schlafen gehörte ganz sicherlich nicht zu den Dingen, die von ihr erwartet wurden.

Ihre Füße knickten auf den hohen Absätzen ihrer Pumps um, sie war noch immer sehr wackelig auf den Beinen und ihre Muskeln gehorchten noch nicht. Am Ende eines langen Ganges öffnete das Mädchen eine Tür und wies in ein Zimmer.

»Hier sollst du schlafen«, sagte sie. Ella sah sich atemlos um. Das Zimmer war spärlich eingerichtet wie eine Gefängniszelle. Eine Holzpritsche ohne Matratze hing an einer Eisenkette an der Wand, die wiederum mit zahlreichen Ringen und Ösen versehen war. Wozu diese dienten, war nicht schwer zu erraten. Der alte Holzfußboden knarrte unter ihren Füßen. Es gab kein elektrisches Licht im Raum, die winzigen Fenster waren vergittert und ließen von draußen nur einen kleinen Schimmer eindringen. Lediglich eine dicke Wachskerze auf einem kleinen Holztisch spendete ein Flackern, das beängstigende Schatten auf die schlichten Wände warf.

»Es wird von dir erwartet, dass du dich wieder herrichtest und ein Bad nimmst«, erklärte Sarina und zeigte auf eine schmale Tür, hinter der Ella ein Badezimmer vermutete nach ihren Worten.

»Du sollst die ganze Nacht nackt und verfügbar in diesem Zimmer bleiben. Wenn du einschläfst, kannst du geweckt werden, es kann aber auch passieren, dass sich einer der Herren einfach so an dir bedient und dich dabei schlafen lässt. Du wirst nicht vorgewarnt, wenn jemand dich besuchen will, ebenso wenig wirst du erfahren, wer zu dir kommt und was er mit dir anstellen wird. Diese Augenmaske sollst du die ganze Nacht über tragen, und diese Hand- und Fußfesseln werde ich dir gleich anlegen, damit du ständig bereit bist. Ob du dann im Stehen, Sitzen oder Liegen auf Besucher wartest, ist dir überlassen.«

Ella atmete tief ein. Die Vorstellung, die ganze Nacht mit verbundenen Augen auf unbestimmte Dinge zu warten, erregte und erschreckte sie. Ihr Herzschlag beschleunigte sich bei dem Gedanken.

»Angst ist ein großartiges Aphrodisiakum«, sagte Sarina und schmunzelte, während sie stabile Lederfesseln an Ellas Handgelenken befestigte. Offenbar hatte sie die Furcht in ihren Augen gelesen. »Da ist Sir Nelson sicher, und ich muss ihm zustimmen.«

Ella überwand sich und presste eine Frage hervor.

»Bist du auch ... gehörst du auch zum Club?«

Das Mädchen nickte. »Gelegentlich. Die Herren lieben Abwechslung, daher komme ich nur höchstens einmal im Monat zum Zug. Ansonsten lebe ich hier bei Sir Nelson und kümmere mich um den Haushalt und die Gäste.«

Mehr wollte sie offenbar nicht verraten. Ella musterte sie neugierig, während sie sich auf den Boden kniete und an ihren Knöcheln ähnliche Lederriemen befestigte wie die an ihren Händen. Sarina war klein und zierlich, ihr Gesicht erinnerte Ella an eine Maus, mit einer winzigen Nase und spitzen Lippen. Stand Nelson auf solche Frauen, denen man schon aus fünfhundert Metern Entfernung die Demut ansah? Oder war es gerade Ellas stolze Ausstrahlung, für die sie immer wieder gelobt wurde, die ihn gereizt hatte? Sie hatte seine Blicke im *Tempel* durchaus bemerkt.

Da sie nun wusste, dass das riesige Haus Nelson gehörte, fragte sie sich, ob Sarine eine besondere Beziehung zu ihm hatte wenn sie hier lebte. Warum hatte sie sie noch nie im *Tempel* gesehen?

Sarina legte noch ein Lederhalsband, an dessen Öse vorn eine lange Kette baumelte, um Ellas Hals und befestigte es sorgfältig im Nacken. Ella erschauerte, als die zarten Finger der Bediensteten ihre noch immer gereizte Haut streiften.

»Ich werde dich nun baden«, erklärte Sarina und öffnete die schmale Tür, hinter der Ella das Badezimmer vermutet hatte. Tatsächlich befand sich dort ein winziger Raum, mit cremefarbenen Kacheln versehen. Auf dem alten Holzfußboden stand eine große, freistehende Badewanne aus Metall. Unschlüssig blieb Ella in der Tür stehen und wartete auf Sarinas Ansagen. Ein antiker Löwenkopf spuckte dampfend heißes Wasser hinein, während Sarina nach Vanille duftenden Schaum darin auflöste.

»Bitte«, sagte sie dann, als die Wanne zur Hälfte gefüllt war. Ella hob die Arme.

»Geht das Leder nicht kaputt im Wasser?«

»Leg die Arme und Beine über den Rand, ein wenig Wasser können sie vertragen, sie sind schon alt, aber wir sollten es nicht übertreiben«, bestimmte Sarina, und Ella folgte dem Befehl. Dann kniete sich die nackte Sklavin hinter sie und fing an, sie mit einem weichen, großen Naturschwamm gründlich zu waschen.

Die sanfte Berührung ließ ihre Haut wieder kribbeln. Das warme Wasser mit dem duftenden Schaum hüllte sie ein und beruhigte sie, sodass sich ihr Herzschlag deutlich verlangsamte. Das Halsband lag eng an, sie spürte es jedes Mal, wenn sie schluckte, aber es schnürte ihr nicht die Luft ab. Sarina wusste offenbar, was sie tat.

Das Wasser plätscherte leise, als sie Ella mit dem Schwamm massierte. Sie rieb über ihre Brüste, bis ihre Nippel wieder spitz wurden und sich dunkel von der hellen Haut abhoben. Kreisförmig rieb sie mit dem Schwamm über die Rundungen, glitt dann den Bauch entlang und massierte zwischen Ellas gespreizten Beinen einfach weiter.

Sie seufzte leise, als der raue und zugleich weiche Schwamm ihre Klit und ihre Labien berührte. Sie sehnte sich nach einer kräftigeren Berührung, die jedoch ausblieb. Das zärtliche Streicheln erregte sie weiter und verursachte trotz der Wärme im Bad eine Gänsehaut überall auf ihrem Körper.

»Du weißt, dass du heute nicht kommen darfst«, sagte Sarina leise, während sie mit dem Schwamm gegen Ellas Kitzler klopfte. Ella nickte stumm und musste erneut schlucken.

»Ich werde nach dem Bad noch eine Vorrichtung anbringen, die es den Männern einfacher macht, dich zu kontrollieren.«

Eine Vorrichtung? Was sollte das sein? Vielleicht eine Art Keuschheitsgürtel, das würde Sinn machen. Wobei sie in dem Fall nicht mehr wirklich zur Verfügung stünde, es sei denn, die Männer würden allesamt einen Schlüssel dafür bekommen. Zu gern hätte sie gewusst, was sie erwartete, aber sie fragte nicht nach. Ihre Anspannung wuchs immer weiter. Diese Nacht würde mit Sicherheit die aufregendste Nacht ihres Lebens werden!

Ella versuchte, die wohltuende Massage der jungen Sklavin nicht zu sehr auf sich wirken zu lassen. Sie war geschickt in dem, was sie tat, und machte dies sicherlich nicht zum ersten Mal. Die zärtliche Zuwendung half ihr, die Spannung zu ertragen. Ihre Beine zitterten noch immer, der Rand der Metallwanne, auf dem sie lagen, schnitt unangenehm in ihre Haut.

Bevor sie sich ganz und gar beruhigen konnte hieß Sarina sie, die Wanne zu verlassen und wickelte sie in ein großes, weiches Handtuch ein. Dann rubbelte sie vorsichtig ihre Haut trocken.

»Leg dich da auf die Pritsche«, sagte sie und ging zu einem kleinen Schrank, aus dem sie etwas hervorholte. Aus den Augenwinkeln sah Ella, dass in dem Schrank zahlreiche Utensilien lagen, Gerten, Peitschen, Klammern und Seile aller Art. Ihr Mund wurde trocken.

»Ich werde jetzt einen Pulsmesser an deinem Finger

befestigen, dann werde ich dich lecken, bis du kurz vor dem Höhepunkt bist«, erklärte Sarina so nüchtern, als würde sie Ella über die perfekte Zubereitung eines Steaks aufklären.

»Ich werde dann an dem Pulsmesser den von mir gemessenen höchsten Puls kurz vor dem Höhepunkt einstellen, sodass die Uhr ein Warnsignal ausstößt, wenn du diesen erreicht hast. Das macht es für die Männer einfacher, dich nicht kommen zu lassen. Und für dich auch.« Sie zwinkerte ihr verschwörerisch zu.

Ella gab sich unbeteiligt, aber ihre Spalte kribbelte bei dem Gedanken, dass die hübsche junge Sklavin sie gleich lecken würde.

»Leg dich zurück und spreiz die Beine.« Das harte Holz drückte unangenehm gegen ihre Knochen, sie versuchte, sich eine etwas bequemere Position zu verschaffen. Der Pulsmesser war an der Kuppe ihres Zeigefingers befestigt wie ein zu kleiner Ring, der nicht ganz nach unten rutschen wollte, störte aber nicht.

Sarina kniete sich zwischen Ellas Schenkel und senkte den Kopf. Sie zuckte zusammen, als die feine Zunge sie berührte. Ohne Umschweife fuhr sie zwischen ihre Labien und teilte sie, um einzudringen. Dann glitt sie wieder höher und umkreiste mit festem, gleichmäßigen Druck ihre Knospe, die sich durch das Bad erholt hatte und sofort vorwitzig zu pochen begann.

Ella unterdrückte ein Stöhnen, dass sich ihre Kehle hinaufarbeitete. So einfach wollte sie es der Sklavin nicht machen, und wenn sie es geschickt anstellte, konnte sie vielleicht sogar einen kleinen Höhepunkt stehlen, ohne dass die andere es merkte.

Sie biss sich auf die Lippen, um nicht zu grinsen, die Feuchtigkeit bahnte sich schon einen Weg hinaus. Sarina schob zwei Finger in sie hinein und hielt dabei die ganze Zeit den Blick auf den Pulsmesser gerichtet.

»Leg die Hand auf den Bauch, dann kann ich besser

sehen«, murmelte sie, ihr Kinn glänzte, als ihr Gesicht zwischen Ellas Schenkeln auftauchte. Ella schloss die Augen und genoss die Liebkosungen, die geschickt und nicht zaghaft waren.

Sarina stieß die Finger kurz, aber heftig in sie hinein und massierte das untere Drittel ihrer feuchten Pussy, aus der immer weitere Nässe rann. Dabei kreiste sie weiter sehr gleichmäßig mit der rauen Zunge über Ellas Kitzler.

Schon bald versteiften sich ihre Beine, Hitze schoss in ihre Wangen und vereinzelte Schweißperlen traten auf ihre Stirn. Sie kniff die Augen fest zu und atmete so flach wie möglich, um sich nicht zu verraten.

»Hmhmm«, machte Sarina und leckte weiter, fingerte sie und lutschte an ihr, sog die kleine Perle ein, knabberte vorsichtig mit den Zähnen an ihr, bis Ellas Beine sich versteiften und Blitze durch ihren Körper schossen. Sofort ließ das Mädchen von ihr ab und zog sich zurück. Ella stöhnte laut auf und wand sich auf der Pritsche, unbefriedigt, verlassen.

»145, nicht schlecht«, murmelte Sarina und nahm den Pulsmesser von Ellas Finger. Ellas Hände zitterten und wollten nach ihrem Kopf greifen, ihn zurückschieben zwischen ihre Beine, damit sie vollenden könnte, was sie angefangen hatte, aber Sarina fummelte kurz an dem kleinen Messgerät herum, schob es erneut über Ellas Finger und nickte zufrieden.

»Gut, dass du nicht versucht hast, mich zu betrügen«, sagte sie und beugte sich über ihr Gesicht. Ihr Atem roch nach Ella, nach ihrer Lust, süßlich und sauer.

»Ich hätte es sowieso bemerkt. Aber nun wird es für alle einfacher, dich in dieser Nacht unbefriedigt zu halten.«

Ella ließ zu, dass Sarina zum Schluss eine Ledermaske über ihren Augen befestigte, die den kargen Raum in gnädige Dunkelheit tauchte. Nass zwischen den Schenkeln, aufgewühlt blieb sie auf der Holzpritsche sitzen und hörte, wie die Sklavin die Tür von außen verriegelte.

Es wurde still um sie herum. Kein Laut drang in den kleinen Raum, sie war allein und hätte die Ledermaske einfach abnehmen können, aber das war ihr verboten worden und sie wusste ja nicht, wann jemand zu ihr kommen würde. Jederzeit?!

Ihre Fingerspitzen kribbelten vor Spannung, sie musste sich sehr beherrschen, um nicht einfach mitten hinein zu greifen in das feuchte Vergnügen zwischen ihren Beinen und sich selbst einen raschen, kleinen Höhepunkt zu verschaffen. Wenn sie Glück hatte, würde es niemand bemerken und es gäbe keine Konsequenzen, nicht für sie und nicht für Dean. Aber wer sagte ihr, dass Sir Nelson nicht Kameras aufgestellt hatte, die sie beobachteten? Sie wagte es nicht.

Dann verlor sie das Zeitgefühl. Allein gelassen in völliger Stille und Schwärze wusste sie nicht, ob sie einige Minuten oder gar Stunden wartend auf dem harten Holz gesessen hatte. Die Feuchte zwischen ihren Schenkeln trocknete, und sie hing ihren Gedanken nach, die ständig hin- und hersprangen zwischen Dean, dem Club, dem, was unten vorgefallen war und ihrer Fantasie, die ihr in blühenden Bildern vor Augen führte, was sie womöglich in dieser Nacht alles erwartete.

Irgendwann verließen die Gedanken sie, mit dem Rücken gegen die kalte Mauer gelehnt, die Beine auf der Holzpritsche ausgestreckt hüllte ein sanfter Schlummer sie ein wie ein Nebel.

Ein plötzliches Geräusch, das die Stille durchschnitt, riss sie aus dem Zwielicht zwischen Traum und Wirklichkeit. Der Schlüssel, der im Türschloss herumgedreht wurde, dröhnte in ihren Ohren, der Ton wirkte nach der langen Stille so laut wie das Geschrei unbändiger Kinder.

Ihre Unterlippe begann zu zittern als die Tür langsam aufgeschoben wurde. Schritte erklangen auf dem Holzboden, der unter dem Gewicht des Mannes, der gerade hereinkam, leise ächzte und knarrte. Ella blieb unbeweglich sitzen und kniff die Augen unter der Ledermaske fest zu, obwohl das kaum nötig war. Nicht einmal ein Lichtstrahl schimmerte durch das eng anliegende Material, sie war eingesperrt in ihrem eigenen Selbst, aller Wahrnehmungen beraubt.

Eine Hand griff nach ihr und glitt ohne Vorwarnung zwischen ihre Beine. Ella schluckte und öffnete sich instinktiv für die tastende Hand, die sie nicht zuordnen konnte. Sie wusste nicht, welcher der Männer zu ihr gekommen war und was er mit ihr vorhatte, er sprach kein Wort, nur sein rasselnder Atem und das Knistern seiner Kleidung drangen durch die sie umgebende Ruhe an ihr Ohr.

Dies war kein Spiel mehr. Es war viel mehr als das, sie zitterte am ganzen Körper. Die fremde Hand wühlte zwischen ihren Beinen herum, grob und unvorsichtig, dann wurde ihr Körper nach unten gezogen und umgedreht. Mit festem Griff schwang er sie auf der Holzpritsche herum, bis sie mit dem Oberkörper darauf lag und mit den Beinen vor der Pritsche halb kniete, halb stand.

Sie hörte einen Reißverschluss, der hinter ihr aufgezogen wurde, das Rascheln einer Hose, die fiel, dann das leise Schmatzen und Klatschen, als jemand seinen Schaft steif rieb.

Eine kugelige Spitze drückte sich von hinten gegen ihre Schamlippen und nötigte diese, sie zu öffnen. Doch er drang nicht in sie ein, sondern verharrte in dieser Position, dann spürte sie seine Hand an ihren Pobacken, während er sich weiter wichste, die Eichel fest gegen ihre Scham gepresst.

Ella wurde wieder feucht in Erwartung des Schwanzes, der da in sie eindringen wollte. Sie wusste, dass es hier nicht um sie ging, nicht um ihre Lust und Befriedigung, sondern dass sie ein Objekt war für die Männer, die sich an ihr bedienen konnten, wie sie wollten. Und genau dieser

Gedanke jagte erregende Stöße durch ihren Körper.

Er sprach noch immer kein Wort, als seine Hand sich in ihren Nacken legte und sie am Halsband festhielt, sodass sie ihren Oberkörper nicht mehr bewegen konnte. Dann durchstieß seine Härte ihren schwindenden Widerstand, und leise aufkeuchend versank der Unbekannte in ihrer Pussy.

Er fickte sie lange und in gleichmäßigem Tempo, ohne sich jedoch weiter um sie zu kümmern. Die Wange fest auf das Holz unter ihr gepresst lag sie da, jeder Stoß scheuerte ihre Brüste hart gegen das Holz der Pritsche, stieß ihre Hüftknochen gegen die Kante. Er nahm sie rücksichtslos, bis sie sein Zittern tief in sich spürte, dann kam er mit einem brüllenden Aufschrei und ergoss sich in ihr.

Ihre Knospe pulsierte, verlangte nach Berührung, nach mehr, aber er hievte sie mit beiden Händen auf die Pritsche zurück und befestigte ihre Handgelenke mit den Ledermanschetten an der Wand, sodass sie genötigt war, mit nach oben gestreckten Armen dazusitzen.

Ohne ein Wort raschelte er mit seiner Kleidung, hustete kurz, dann wurde die Tür zugezogen und der Schlüssel herumgedreht.

Ella stöhnte auf. Sie kniete mit leicht gespreizten Beinen auf der Pritsche, die Arme nach oben gestreckt, und war erneut zum Nichtstun verdammt, allein gelassen mit sich und ihrer Fantasie.

Der rasche, selbstsüchtige Fick hatte sie nur noch mehr erregt und ihre Lust in keiner Weise gestillt. Jetzt brannte ihre Spalte förmlich, erwartungsvoll und von Furcht angetrieben. Die Ruhe, die um sie herum herrschte, machte sie nervös und ließ ihren Adrenalinspiegel ansteigen, sie spürte wie das Blut durch ihren Körper raste.

Wieder versuchte sie, sich anhand ihrer Gedanken zeitlich zu orientieren. Wie viel Zeit war vergangen, seitdem der Unbekannte sie verlassen hatte? Wenige Minuten? Eine halbe Stunde? Sie konnte es nicht einschätzen. Sein Sperma lief in einem winzigen Rinnsal aus ihr heraus, und sie bewegte vorsichtig das Becken, um die Spuren der Benutzung aus sich herauszudrängen.

Dann dröhnte wieder das Knirschen des Schlüssels in dem alten Türschloss durch die Stille. Ihr Herzschlag beschleunigte sich, sie hielt die Luft an. Anhand der Schritte, die den Boden schwingen ließen, versuchte sie zu erraten, wer oder zumindest wie viele Männer den Raum betreten hatten, aber sie war orientierungslos und konnte nicht einmal genau zuordnen, aus welcher Richtung die Geräusche kamen. Sicher war nur, dass *er* nicht allein war.

»Na, das nenne ich eine gute Vorbereitung«, sagte eine ruhige, tiefe Stimme, die sie nicht wiedererkannte. »Guck dir das an, sogar geschmiert hat er sie für uns.«

Der zweite Mann lachte heiser. Ella biss die Zähne zusammen, ihr Kopf sackte kraftlos nach unten.

»Halt dich gerade, Sklavin!«, herrschte einer der Männer sie an, und sie zuckte zusammen. »Wir wollen eine stolze Sklavin sehen und kein verweichlichtes Etwas. Du bist doch eine stolze Sklavin, oder?«

»Das werden wir gleich mal überprüfen«, sagte der andere, und dann hörte sie das Zischen einer Gerte dicht neben sich, nur für den Bruchteil einer Sekunde, bevor sie den stechenden Schmerz auf ihrem Oberschenkel spürte. Sie bemühte sich, nicht aufzuschreien, aber der Hieb war fest gewesen und kam unerwartet, sodass sie keine Gelegenheit hatte, ihre Muskeln vorher anzuspannen.

»Mal sehen, was sie zu der Klammer hier sagt. Leg sie ihr mal an, ich hole die Brustkette.«

Ella stützte sich mit dem Hintern auf den Fersen ab, als zwei Hände ihre Schenkel weiter auseinanderzogen. Dann spürte sie kühles Metall an ihren Labien, die von geschickten Fingern in eine Art Bügel geklemmt wurden. Ein kurzer Schmerz durchzuckte sie, als die Bügel geschlossen wurden und die kleinen Labien eng gespannt auseinander hielten, während ihre Klitoris von der Vorhaut befreit unter dem oberen Metallbügel ungeschützt blieb.

Die Schamlippen füllten sich klopfend rasch mit Blut und schwollen weiter an, die plötzliche Wärme, die sich in ihrem Schoß ausbreitete, verursachte lustvolles Prickeln.

»Sieht gut aus. Und jetzt die Nippel, die sind ja nicht mal steif genug. Typisch für John, dass er sich darum gar nicht kümmert.« Einer der Männer räusperte sich, dann spürte sie Hände an ihren Brüsten, die um die Brustwarzen herum strichen, bevor etwas Metallenes sie mit einem Zug einklemmte. Sie unterdrückte einen Aufschrei, der Schmerz war heftig, aber zum Glück kurz und ging nach einem anhaltenden Pochen in ein durchaus angenehmes Ziehen über. Die gleiche Prozedur erwartete ihren zweiten Nippel, der sich vorgewarnt geschmeidiger in die Metallklemme legen ließ.

Er zog prüfend an der Kette und gab einen zustimmenden Grunzlaut von sich.

»Willst du sie lecken, während ich mir ihren hübschen Mund vornehme? Ich achte auf ihren Puls.«

Es gab keine Antwort, stattdessen spürte sie, wie sich einer der Männer auf die Pritsche zog und sich mit gespreizten Beinen dicht vor sie stellte. Seine Hose hatte er offenbar schon ausgezogen, denn sofort stieg ihr der herbe, männliche Geruch seines Geschlechtes in die Nase. Mit seinem Schwanz schlug er sanft gegen ihre Lippen, und sie öffnete wie auf Kommando den Mund, um ihn hineinzulassen.

Beinahe gleichzeitig spürte sie die Zunge zwischen ihren Beinen und hätte fast geschrien vor Lust, als sie ihren überempfindlichen, von der Klammer eingespannten Kitzler berührte. Ihr Becken zuckte und wollte sich der kosenden Zunge weiter entgegenschieben, doch nun fing der andere Mann, der über ihr stand, an, in ihren Mund hineinzustoßen. Er würgte sie, so tief drang er in sie ein und schob seinen immer härter werdenden Schwanz in ihre Kehle. Tränen stiegen ihr in die Augen, sie wollte schlucken, aber der menschliche Knebel verhinderte das.

Dann verschwand zu ihrem Bedauern die Zunge zwischen ihren Beinen. Das Pochen in ihrer Perle aber blieb, und sie zappelte unruhig mit den Armen in den Fesseln, während der Mann tief in sie hineinstieß.

»Wenn ich sie weiter lecke, wird sie kommen«, sagte der Mann, der zu der Zunge gehörte, und Ella wollte ihren Kopf schütteln. *Nein, nein,* wollte sie rufen, *ich werde nicht kommen, ich verspreche es, aber mach weiter, um Gottes willen, mach bitte weiter*! Stattdessen drangen nur kehlige Laute aus ihrem Rachen, der von dem sehr groß gewordenen Schwanz des anderen gefüllt wurde.

»Keine Sorge, ihr Puls ist noch ziemlich ruhig, so schnell wird das nicht klappen«, beruhigte der über ihr stehende Mann seinen Kumpanen, während er weiter ihren Mund nahm. Ella atmete tief durch die Nase ein, ihr Hinterkopf wurde fest gegen die Wand gedrückt. Dann kam die Zunge wieder und strich sanft wie ein Windhauch über ihre Klitoris.

»Hmmnnnnmm«, machte Ella, als das Pochen in ihrem Schoß immer lauter wurde. Blut sammelte sich zwischen den Beinen und ließ ihre geschwollenen Labien pulsieren. Ihr Blutdruck schnellte nach oben, und ein schrilles Geräusch durchschnitt das heisere Stöhnen der Männer.

Sofort zog sich der Mann zwischen ihren Beinen zurück und hinterließ ihre vor Lust nasse, heftig klopfende Pussy sehnsüchtig und leer.

»Nnnnnggg«, seufzte Ella, als der Mann über ihr heiser auflachte und ein letztes Mal seinen Schwanz tief in sie hineinschob, bevor er »Achtung, ich komme jetzt!« rief. Dann schoss der Saft in zuckenden Stößen aus ihm hervor, und Ella blieb nichts anderes übrig, als rasch zu schlucken, um endlich wieder Luft holen zu können.

Ihre Augen brannten unter der Ledermaske, die ihr die völlige Dunkelheit schenkte, in ihren Ohren rauschte das Blut wie ein reißender Fluss, ihre Hände kribbelten vor

Anstrengung, blutleer. Der bittere Samen hinterließ einen Film auf ihrer Zunge, sie sehnte sich mehr nach einer Erlösung ihrer vor Lust rasenden Spalte als nach einem Glas Wasser.

»Fickt mich, bitte«, flüsterte sie mutig und spreizte die Beine weiter. Die Klammern kniffen in ihre empfindlichen Nippel, die Spange in ihrem Schoß spannte ihre angeschwollenen Lippen ein und staute das Blut, das bis in ihre Schläfen zu pulsieren schien.

»Hast du das gehört? Die Kleine bittet dich, sie zu ficken«, sagte der Mann über ihr, der sich gerade in ihren Mund ergossen hatte, und lachte wieder.

»Ich bin gerade etwas außer Gefecht gesetzt, aber wenn du ihr einen Gefallen tun willst ...«

Es dauerte nur Sekunden, dann löste jemand die Klammer, und ihre befreiten Labien wurden plötzlich von einer Menge Blut durchströmt.

»Aaaaah«, seufzte Ella, als das Pochen heftiger wurde, ausgelöst von dem plötzlichen Strom an Lebenssaft, der durch die Schamlippen floss. Auch ihre Perle puckerte hartnäckig, aber sie wusste, dass ihr vorerst noch immer keine Erleichterung gegönnt werden würde. Trotzdem sehnte sie sich danach, gefüllt zu werden, ausgefüllt zu sein und gestoßen zu werden. Es war ein ungeheurer Drang, und sie zappelte auf der Holzpritsche, riss an den Ketten, mit denen ihre Hände hochgebunden waren.

Ohne Vorwarnung stieß er zu, in ihre sehnsüchtige Pussy, die beinahe aufzuschreien schien als ein praller Schwanz hineinglitt. Sie spürte seinen Atem in ihrem Gesicht und bewegte den Kopf, um ihm ihre Lippen anzubieten, doch er ignorierte sie und keuchte gegen ihre Wange.

»Gefällt dir das, du kleine Sklavin?«, knurrte er, und seine Stimme ließ ein Zittern durch ihren ganzen Körper gehen. Unwillkürlich dachte sie an Dean, und das warme Gefühl überkam sie wieder, indem sie sich vorstellte, er wäre es, der sie gerade nahm. Dean, Dean, wo bist du nur?

»Ja, ja, fick mich, es gefällt mir«, stöhnte sie, und sein Keuchen wurde lauter, sein Atem schwerer. Ein After Shave drang in ihre Nase, gepaart mit dem Duft von frischem Schweiß, ihrer eigenen Lust und dem bitteren Saft des anderen, den sie noch immer auf der Zunge spürte. Er nahm sie wild und ungezügelt, ihr Rücken scheuerte an der Wand, ihre Brüste baumelten von seinen Stößen getrieben mitsamt der Kette hin und her. Dann röhrte er einmal auf und kam in ihr, kurz bevor der Pulsmesser erneut vibrierte und grelle Töne von sich gab.

»Das war knapp«, sagte er und zog sich ruckartig aus ihr hervor. Ein Klatschen, als hätten die beiden Männer sich gegenseitig in die Hand geschlagen, erklang, und Ella sackte erschöpft und gedemütigt wieder auf die Pritsche zurück. Ihre Spalte brannte und prickelte, ihre Brustwarzen lagen steif in den engen Klammern, und sie wusste, dass diese Nacht noch lange nicht vorbei war.

Nach den beiden Männern kamen weitere, hintereinander in kurzen Abständen. Sie alle nahmen sie auf die gleiche Art und Weise, ohne sich um sie und ihre Lust zu kümmern, benutzten all ihre Löcher wie die einer Puppe, schnell und ungestüm, und sie berauschte sich an ihrer Gier, an ihrem Egoismus und an dem Gefühl, ihnen ausgeliefert zu sein, bis nach qualvollen Stunden ihr Geist Mitleid zeigte und sie in einen beruhigenden Schlaf hüllte.

*

»Liebes, wach auf!« Die bekannte Stimme flüsterte zärtlich, und sie schrak aus einem wirren Traum auf, den sie eine Sekunde später vergessen hatte.

»Dean? Dean, bist du das?« Sie versuchte sich aufzurichten, doch ihr Körper war zu schwach und gehorchte ihr nicht. Seine Hand strich Haare aus ihrer Stirn, dann spürte sie warme Lippen auf der Haut. Sie suchte seinen Mund und küsste ihn, leidenschaftlich, dankbar.

»Geht es dir gut?« Er nahm die Ledermaske nicht ab, dabei hätte sie gern seine Augen gesehen, doch allein seine Stimme beruhigte sie und kühlte ihr erhitztes Gemüt. Selig kuschelte sie sich an ihn, er legte einen Arm um ihren Oberkörper und zog sie an sich.

»Ja«, flüsterte sie, ihr Mund verzog sich zu einem Lächeln. Er reichte ihr ein Glas mit kühlem Wasser und hielt es an ihre Lippen, und sie trank hastig.

»Ich liebe dich«, sagte er und streichelte ihren Arm.

»Ich liebe dich auch, Dean. Mache ich meine Sache gut?«

»Du bist perfekt. Ich bin sehr, sehr stolz auf dich, meine Schöne«, antwortete Dean zärtlich und drückte sie fester gegen seinen Körper. Er roch nach Zigarettenrauch und Rotwein, offenbar war er tatsächlich unten bei der Gesellschaft gewesen, obwohl sie ihn dort nicht gesehen hatte. Wie spät mochte es sein? Wie viele Stunden war sie nun schon in diesem Raum, ohne etwas zu sehen oder zu hören, und ließ sich nehmen?

Wie vielen Männern hatte sie bisher gedient? Sie wusste es nicht, hatte aufgehört zu zählen. Nur ihre noch immer lustvoll brennende Spalte sehnte sich nach Erfüllung.

»Ich ... kannst du ... ich will ...«, stotterte sie, aber Dean legte einen Finger auf ihre Lippen und küsste sie auf die Stirn.

»Du kannst jetzt schlafen«, sagte er leise. »Du wirst morgen früh geweckt werden. Aber heute Nacht wird niemand mehr zu dir kommen. Ruh dich ein wenig aus.«

Als er aufstand, streckte sie die gefesselten Hände nach ihm aus. »Bitte bleib bei mir!«, flehte sie, aber Dean schob sie sanft zurück auf die Pritsche, dann hörte sie seine Schritte auf dem knarrenden Holzboden.

»Bis morgen«, sagte er noch, bevor die Tür hinter ihm

ins Schloss fiel, und Ella wälzte sich unruhig auf der unbequemen Pritsche hin und her.

*

»Nun, Dean««, sagte Nelson, als er den unteren Saal wieder betrat. »Ich denke, wir können die Schöne gern aufnehmen in unserem Club.« Deans Herz klopfte schneller, und er lächelte. »Das ist sehr umsichtig von dir. Danke!«

»Es sieht aus, als hättest du dir ganz umsonst Sorgen gemacht um ihre Sensibilität«, meinte Eric und ließ die Gerte einmal durch die Luft zischen. Dann grinste er. »Die Kleine ist härter im Nehmen als die meisten Anderen.«

»Und offenbar genießt sie es auch mehr«, sagte John und zog an einem Zigarillo, während er Cognac in einem bauchigen Kristallglas schwenkte. »Jedenfalls hat der Pulsmesser noch nie so häufig Alarm geschlagen in einer Nacht wie bei Ella. Aber sie hat sich sehr gut im Griff. Du wirst ihr morgen früh den Höhepunkt ihres Lebens verpassen, schätze ich.«

Die Männer lachten. Dean nickte stolz. »Ja, ich muss sagen, ich habe sie vielleicht in den letzten zwei Jahren zu sanft angefasst, weil ich nicht sicher war, was ich ihr alles zumuten kann. Wenn ich geahnt hätte ...«

»Dann ist es ja gut, dass wir dir helfen konnten, deine kleine Sklavin auf Herz und Nieren zu prüfen, bevor ihr euch ewig bindet«, sagte Nelson schmunzelnd und prostete ihm mit seinem Glas zu. »Morgen früh darfst du sie ja erlösen. Was wird sie sagen, wenn sie erfährt, dass du schon seit vielen Jahren Mitglied bei uns bist?«

»Ich denke, sie wird es nach meinem geplanten Antrag sehr gefasst aufnehmen«, antwortete Dean und tastete nach der kleinen Schatulle mit dem Ring, die er in der Hosentasche trug, bevor er sich verabschiedete.

★★★

Danksagung

Kann man eigentlich oft genug *Danke* sagen? Ich finde nicht.

Daher danke ich zunächst Ihnen. Dafür, dass Sie dieses Buch gekauft (und gelesen) haben und mir damit Ihr Vertrauen geschenkt haben.

Ich danke meinem lieben Freund und Kollegen Sascha für seine Ehrlichkeit und sein wertvolles Feedback, meiner besten Freundin Kosha für ihre Unterstützung – sie hält mir immer den Rücken frei, wenn es mich in den Fingern juckt, weil Geschichten herausdrängen – und meiner kleinen Schwester, weil sie all meine Texte liest, obwohl ich weiß, dass es ihr manchmal schwerfällt.

Entschuldigen möchte ich mich bei meiner Tochter Johanna, die dieses Buch frühestens in zehn Jahren zu lesen bekommen wird und dann hoffentlich versteht, warum Mama manchmal so ungeduldig war und ständig vor ihrem Laptop gesessen hat. Jetzt weißt Du es!

Und natürlich danke ich ganz besonders meinem Mann, der unerschütterlich an mich glaubt, auch wenn ich selbst einmal Zweifel habe, und eine schier endlose Geduld aufbringt. Ich liebe Dich!

Catherine Spanks

Im Januar 2012

Weitere im Erotischen Sekretariat erschienene Taschenbücher:

Catherine Spanks - Benutz mich! – SM-Geschichten

Kreative Herren, widerspenstige Sklavinnen und jede Menge anonymer Lover sorgen in sieben erregenden Geschichten für knisternde Spannung.

Während Mia und Dominik ein lustvolles Wochenende im SM-Hotel erleben, findet Ellen sich auf einer einsamen Insel wieder und Emma erfährt beim Tribunal, welche anregenden Folgen ihr Ungehorsam haben kann. Malena lernt den Genuss einer U-Bahn-Fahrt kennen, und in einem SM-Apartment kommt es zu einer folgenschweren Verwechslung. Ein köstliches Dessert für Liebhaber bittersüßer Überraschungen.

Erhältlich als Taschenbuch und als ebook überall, wo es Bücher gibt.

Viele weitere erotische ebooks finden Sie bei Amazon, beam-ebooks, itunes, Kobo, ebook.de und weiteren ebook-Stores. Unsere Taschenbücher sind über den regulären Buchhandel erhältlich.

Besuchen Sie uns auch auf Facebook!

www.facebook.com/daserotischesekretariat

oder auf unserer Internetseite

http://verlag.d-e-s.de

um keine Neuigkeiten zu verpassen!

Kat Marcuse – Facetten der Lust

In sechs sinnlichen Kurzgeschichten entführt die Autorin in die lustvolle Welt der Dominanz und Unterwerfung.

Die Facetten einer Ehe sind reichhaltig – das erleben auch Christin und Daniel bei ihren Versuchen, eben diese zu retten. Ein heißes Geständnis wird zu einer riskanten Verführung, und Sean lernt durch Caleb auch die dominanten Seiten schwuler Lust kennen. Lassen Sie sich verführen von dominanten Herren und devoten Frauen, die viel mehr sind als nur willige Lustsklavinnen.

Erhältlich als Taschenbuch und als ebook überall, wo es Bücher gibt!